八月の日曜日

八月の日曜日

パトリック・モディアノ

堀江敏幸＝訳

水声社

ジャック・ロベールへ
マルク・グリューネバウムへ

とうとう彼がこちらに目をやった。ニースの、ガンベッタ大通りに足を踏み入れたあたりだった。彼は革のジャケットやコートを売る露店の前の、お立ち台に立っていた。私はその売り口上に耳を傾けている人だかりの、最前列に滑り込んでいた。

私を見ると、彼の口調はあの露店商特有のなめらかさを失って、ずっと淡白な話しぶりになった。集まってきた人々とのあいだに距離をおこうとするみたいに、そして、こんなふうに外で働かざるをえない現在の境遇が、本来の自分からするといかにも釣り合わないことを、私にわからせようとするみたいに。

彼は七年前とさほど変わっていなかった。ただ顔色が以前よりも赤らんでいるように思えた。日が暮れようとしていた。ガンベッタ大通りに風がさっと吹き込み、雨がぱらつきはじめた。すぐわきで、ブロンドの髪をカールさせた女性が革のコートを試着していた。台のうえから彼はその女性のほうに身を乗り出し、さあ買ってくださいと言わんばかりに見つめた。

「じつにお似合いじゃないですか、奥さん」

声はあいかわらずあの甲高い、時とともに錆びついていく金属のような響きを失っていなかった。雨のせいで、もう人だかりは散りはじめていた。ブロンドの女はコートを脱ぐと、屋台の端におずおずと置いた。

「お買い得ですよ、奥さん……お安くしておきますから……ぜひ……」

しかし相手にその先を言う暇を与えず、女性はすばやく向きを変え、通りがかりの男の下卑た話に耳を傾けたことを恥じるように、立ち止まっていた他の人々にまじってその場から去っていった。

彼は台から下りて、こちらへ歩いてきた。

「驚いたな……気づいてましたよ……すぐにあなただとわかりました……」

気まずそうで、ほとんど脅えているようだった。私のほうは反対に、落ち着いて、くつろいだ気分だった。

「妙なところで再会したものですね」と私は彼に言った。

「まったく」

彼は微笑んでいた。自信を取り戻していたのだ。軽トラックが歩道の端にいる私たちの前に止まり、赤いジャンパーを着た男が降りてきた。

「そいつはみんな解体しちまってくれ……」

男にそう言ってから、彼はまっすぐ私の目を見た。

「一杯どうです？」

「お望みなら」

「こちらの方とル・フォールムへ飲みに行ってくる。三十分したら迎えに来てくれ」

もうひとりの男は、露台に残っている革のコートとジャケットを軽トラックに積みはじめた。そうこうしているうち、私たちのまわりに、ビュッファ通りの角にあるデパートの出入口から客の波が流れてきた。閉店を告げるかぼそいベルの音が聞こえていた。

「大丈夫そうだな……雨はもうほとんどあがってる」

彼はぺったりした革のバッグを肩から斜めに下げていた。私たちは大通りを横切り、プロムナード・デ・ザングレに沿って歩いた。カフェはすぐ近くにあった。映画館ル・フォールムの隣だ。彼は大きなガラス窓に面したテーブルを選び、椅子にどさりと腰を下ろした。

「変わりはありませんか?」と彼は私に言った。「コート・ダジュールにいらっしゃるのかな?」

彼の気を楽にしてやりたかった。

「おかしなものですね……先日、プロムナード・デ・ザングレでお見かけしましたよ……」

「だったら声くらいかけてくだされぱよかったのに」

プロムナード・デ・ザングレに沿ってのびる彼のずんぐりした影、そして肩から斜めに下げたあの革のバッグ。五十の坂が見えはじめた男が、若々しいシルエットを保つために、ぴっちりしたジャケットと身につける代物だ。

「しばらく前からこの地方で働いているんですよ……革製品の在庫をさばこうと思いましてね……」

「順調ですか?」

「まあまあだな。あなたのほうは?」

「私もこのあたりで仕事をしてます」と私は彼に言った。「なにひとつ楽しいことはありませんが……」

外では、プロムナード・デ・ザングレにならんでいる大きな街燈に灯がともりはじめていた。最初は、ろうそくの炎のように、ちょっとした風で吹き消されてしまいそうな薄紫に揺れる明かりだったが、ほんのしばらくのちには、その不確かな明かりが白くどぎついものになっていた。

「じゃあ、おなじ一角で働いているわけだ」と彼は私に言った。「わたしはアンチーブに住んでるんです。こまめに動きまわってはいますがね……」

小学生のランドセルとおなじやり方で開くバッグのなかから、彼は煙草をひと箱とりだした。

「ヴァル・ド・マルヌに行くようなことはもうありませんか?」と私は訊ねた。

「ないですね、あれきりです」

一瞬、気まずい空気が流れた。

「そちらは?」と彼が言った。「お戻りになったことがあるとでも?」

「一度もありません」

自分がまたマルヌ河岸にいると想像しただけで、ぞっとする。プロムナード・デ・ザングレと暮れなずんでゆくオレンジ色の空、そして海に目をやった。このとおり、私はちゃんとニースにいた。安堵の溜め息をつきたいくらいだった。

「あんな場所へは、もう二度と戻りたくありませんね」と私は彼に言った。

「わたしもですよ」

ボーイがオレンジジュースとブランデーの水割りとグラスをテーブルに置いた。口を開くのをできるだけ引きのばそうとするかのように、私たちはボーイの一挙一動をしがみつかんばかりに見つめていた。沈黙を破ったのは彼のほうだった。

「話しておきたいことがあるんですよ……」

彼は生気のない目でこちらを見つめていた。

「つまり……そうは見えなかったかもしれませんが、シルヴィアとは結婚していなかったんです……母が結婚を望まなかったものでね……」

一瞬、マルヌ河岸の桟橋に腰を下ろしているヴィルクール夫人の姿が目に浮かんだ。

「うちの母を覚えておいででしょう……なかなかうるさいひとでした……金のことで、母といざこざがありましてね……シルヴィアといっしょになっていれば、母からの経済的な援助が断ち切られていたはずです……」

「驚いたな」

「まあ、そういうことです……」

夢を見ているようだった。なぜシルヴィアは本当のことを話してくれなかったのか。彼女が結婚指輪をしていたことさえ覚えているのに。

「シルヴィアは結婚しているように見せかけたかったんです……彼女にとって、それは自尊心の問題でした……わたしには意気地がなかったんです……シルヴィアと結婚するべきでした……」

はっきりした事実を認めておかねばならなかった。この男が七年前の彼とは別人だという事実を。目の前にいるこの男は、かつてのあの自信に満ちた態度や、忌ま忌ましくてしかたなかった独特の粗野な態度を、表に出したりしなかった。それどころか、いまや諦念に満ちた優しさをまとっていた。まず両の手からしてちがっていた。アクセサリーのたぐいは、もうつけていなかったのだ。

「シルヴィアと結婚していれば、すべてがちがっていたはずです……」

「そうでしょうか」

あきらかに、彼はシルヴィア以外の誰かのことを話題にしている。落ち着いて話してみると、互いに意味のかみ合わないところがあった。

「シルヴィアはわたしの意気地のなさを許してはくれなかった……わたしを愛していたんです……シルヴィアが愛していたのはこのわたしだけだったんです……」

彼の哀しげな微笑は、肩から斜めに下げられたバッグとおなじくらい意表をつくものだった。いや、私が相手にしているのは、マルヌ河岸にいたあの男と同一人物ではない。おそらく彼は過去の大半を忘れてしまったか、私たち三人にとってあれほど重い意味を担っていたいくつかの出来事が、ただの夢まぼろしだったと思い込むようになったのだろう。彼の身体を無性にゆさぶってやりたかった。

「で、シェヌヴィエールの近くのあの小さな島に、レストランとプールを造る計画はどうなりましたか?」

私は顔を近づけ、大きな声で話していた。だが、こちらの質問に困惑するどころか、彼はあの哀しげな微笑を浮かべたままだった。

「なんのことだかわかりませんね……ご存知のように、わたしはもっぱら母の馬の面倒を見ていたんですよ……母はトロッターを二頭持っていて、ヴァンセンヌで走らせていましたからね……」

どこまでもまじめな口調だったので、私は反論する気にもなれなかった。

「さっき軽トラックに革のコートを積んでいる男がいたでしょう? やつは競馬好きでしてね……言わせてもらえば、人間と馬のあいだには誤解しかありえないんだが……」

からかわれているのだろうか? いや、ちがう。この男にはいつだって、爪の垢ほどのユーモアさえなかった。ネオンの明かりで、その表情はいっそう疲れて、いかめしそうに見えた。

「馬と人間がしっくりいくなんて、じつにまれなことなんです……競馬をやるのはまちがいだと言って聞かせてるんですが、どうしようもない。止められないんです。負けるだけなのに……で、あなたは、あいかわらず写真をやっておられるのですか？」

最後に発せられた言葉には、金属的な響きがあった。七年前の、あの声の響きだ。

「当時は、あなたの写真集の企画とやらをよく理解してませんでしたが……」

「パリ周辺にある、河岸の水浴場を撮影するつもりでした」と私は彼に言った。

「河岸の水浴場ですって？　ラ・ヴァレンヌに落ち着いたのはそのためだったたんですか？」

「ええ」

「しかし、あれはどう見たって水浴場とは言えませんよ」

「そうでしょうか？　いずれにしても、ル・ビーチがありますから……」

「だいいち写真を撮る時間があったとは思えませんね……」

「そんなことはありませんよ……お望みならいくつかお見せできます……」

話をつづけてどうなるというものでもなくなっていた。こんなふうに、舌足らずに、あるいは奥歯にもののはさまったような言い方で話すのは、いかにも不自然だった。

「とにかく、大いにためになることを学んだとは言えますね……いい教訓にはなりましたよ……」

つっかかるような調子で口にしたこの言葉にも、彼は冷静に対していた。私はしつこくつづけた。

「あなただって、あの頃のことがみな良い思い出だというわけじゃないでしょう？」

しかし私はすぐに自分の挑発を後悔した。そんなことをしても効き目はなかったのだ。哀しげな微笑で、彼は私を包み込んでいた。

「もうなにひとつ覚えていませんよ」と彼は私に言った。

彼は腕時計に目をやった。

「じきに迎えが来ますね……残念ですが……もっとながくご一緒したかった……しかしまたお会いできるでしょう……」

「また会いたいですって？」

居心地が悪かった。七年前とおなじ男といたほうが、まだしも途方に暮れたりしなかっただろう。

「もちろん。時々お会いして、シルヴィアの話をしたいものです……」

「話してどうなるというんです？」

シルヴィアのことをどんなふうに話せるというのだろう？　七年の時を隔てて、彼はシルヴィアをほかの女性と混同しているのではないか、と疑いたくなるほどだ。私が写真家だったことを、彼は覚えていた。しかし記憶を失った老人たちにさえ、過去の記憶がきれぎれに浮かんでくることはあるものだ。子どもの頃の誕生日のおやつだの、子守の女性が歌ってくれた歌の文句だの……

「シルヴィアの話はもうごめんだと仰るんですか？　考えてもみてください……」

彼は拳でテーブルを叩いた。私はかつてのゆすりや脅しを期待していた。言うまでもなく、大罪を犯したあと、四十年も経ってから裁判所に連れて行かれる老いぼれた戦犯の話のように、時間に薄められたゆすりや脅しを。

「考えてもみてください……シルヴィアと結婚していればなにひとつ起こらなかったんだ……なにひとつ……彼女はわたしを愛していた……わたしからも愛の証を示してもらうこと、それだけを彼女は望んでいたんです……しかしわたしにはそれができなかった……」

真むかいに座っている彼を眺め、その悔い改めた罪人のような言葉を聞いていると、自分はこの男に対して公平さを欠いていはしないか、という思いが胸をかすめた。脈絡のないことを喋ってはいたが、時とともにむしろかどはとれていたからだ。当時の彼なら、まずこんな考え方はできなかっただろう。

「あなたはまちがっていると思いますね」と私は彼に言った。「しかし、そんなことはどうでもいい。反省することじたいは、まちがってませんよ」

「わたしはまちがってなどいない」

彼はまた酔っぱらいがやるようにテーブルを拳で叩いた。生来の粗暴さや性の悪さがまた現われはしないかとびくびくしていたが、幸いにも、そのとき軽トラックの男がカフェに入ってきて、彼の肩に手を置いた。振り向くと、彼は誰だかわからないとでもいうように男をじっと見つめた。

「いま行くよ……もうすぐだから……」

私たちは腰をあげた。私はル・フォォールム館の前に駐車してある軽トラックまで、ふたりを送っていった。彼がスライド式のドアを開けると、ハンガーに掛けられた革のコートが一列顔を出した。

「選んでください……」

私はじっとしていた。彼は革のコートを一着ずつ吟味した。ハンガーを順々にはずしては、また掛けなおした。

「これならあなたの背格好にちょうどいいはずだ……」

彼はハンガーをつけたまま私に革のコートを差し出した。

「コートなんていりませんよ」と私は彼に言った。

「いやいや……そう仰らずに……わたしを喜ばせると思って……」

もうひとりの男は、軽トラックの泥よけに座って待っていた。

「着てみてください」

コートを受け取ると、私は彼の前でそれに腕を通した。試着のときの仕立屋みたいな鋭い眼差しで彼は私を見つめていた。

「肩はきつくありませんか?」

「ええ。でもコートなんていらないんです」

「わたしを喜ばせると思って、受け取ってほしいな、ぜひ」

彼は自分の手でコートのボタンをはめてくれた。私は木製のマネキンさながらにこわばっていた。

「とてもよくお似合いですよ……なんといっても、大きめのものをたくさん揃えてありますからね……」

一刻もはやく彼から逃れようと、私はされるがままになっていた。言い争いたくはなかったのだ。彼が離れていくのをはやく見たかった。

「ちょっとでも不都合があったら、べつのに取替えにきてください……明日の午後はガンベッタ大通りの露店にいますから……いちおう、住所もお渡ししておきましょう……」

彼は上着の内ポケットを探って、名刺を差し出した。

「これが……アンチーブの住所と電話番号……ぜひ連絡してください……」

彼は前のドアを開けて乗り込むと、シート席に腰を下ろした。もうひとりの男が運転席に座った。彼はウインドーを下ろし、外に身を乗り出した。

「あなたが私に好意を抱いてなかったことは、承知してます」と彼は私に言った。「けれども非を認めて謝る心づもりはできているんですよ……もうむかしの自分じゃないんです……よくわかったんです、どこが悪かったのかがね……ことにシルヴィアに対して……彼女が本当に愛したのは、わたしだけだった……ふたりでまた、シルヴィアのことを話しませんか……」

彼は私を頭のてっぺんから爪先までじっと見つめた。

「そのコートはあなたにぴったりですよ……」

彼は私から目を離さずにウインドーをあげた。だが、とつぜん、トラックが発車する瞬間、彼の顔はこわばり、啞然とした表情になった。私のように控え目な男には考えられないことだが、相手を愚弄するようなしぐさを抑えきれなかったのだ。

午後九時からの上映にあわせて、ル・フォールム館には客が集まりつつあった。私も赤いビロード敷きの古い映画館に出かけて腰を下ろしたかったが、肩口が窮屈で息のできないこの革のコートを厄介払いしたかった。気が急いてボタンをひとつちぎってしまったが、それをたたむと、プロムナード・デ・ザングレのベンチに置いてきた。背後になにか危険なものを残してきたような気分だった。

危険なものとは、ル・フォールム館の荒れ果てたファサードのことだったのか？それとも、ふたたび姿を現わしたヴィルクールのことだったのか？　だが、私が思い浮かべていたのは、パリ解放のさなか、北駅界隈のバリケード上で起きた、俳優エモスの謎めいた殺害事件に関するヴィルクールの母親の打ち明け話だった。エモスは多くを知りすぎ、多くを耳に入れすぎたんです、シュヌヴィエールやシャンピニーやラ・ヴァレンヌの宿屋のいかがわしい連中と付き合いがありすぎたんですよ。ヴィルクール夫人が教えてくれたこれらの人々の名前は、みな泥にまみれたマルヌ河の水を思い出させる。

　彼の名刺を読んでみた。

　フレデリック・ヴィルクール。仲買業。

　かつては名前の文字も黒々として鮮明だったのだろうが、いまでは素っ気ないちらしの活字のような、オレンジ色に変色していた。マルヌ河岸のフレデリック・ヴィルクールを覚えているなら、《仲買業》なる控え目な言葉が物語っているのは、人の野心など数年もあれば消えてしまう、ということだ。青インクの自筆で、彼は住所を記していた。アンチーブ、ボスケ通り五番地。電話番号、五〇・二二・八三。

　私はヴィクトル・ユゴー大通りに沿って歩いていた。歩いて家に帰ることにしていたからだ。そう、あんな男と話したりするべきではなかった。

　あの奇妙な革のバッグを斜めがけにして、重い足取りでプロムナード・デ・ザングレを歩いていくのをはじめて目にしたときには、声をかけるつもりなど少しもなかった。やわらかな秋の陽射しが降り注いでいる日曜日のことだった。私はクゥイニー・ホテルのテラスに座っていた。すると、彼はそこで立ち止まって煙草に火をつけ、車の流れのむこうでまた足を止めた。信号を無視して道路を渡り、舗道に戻ろうとしていた。ちょうどそのあたりに私が座っていたというわけだ。あやうく見つかるところだった。いや、彼はあのままじっとしているのだろう、陽が落ちれば影絵のようなそのシルエットが、海を背景に、私の前でその姿をいつまでもくっきりと浮かびあがらせることになるのだろう——そんな気がしていた。

革のバッグを下げたまま、彼はカジノ・リュルとアルベール一世公園のほうへ歩きつづけた。私のまわりでは、ミイラのようにぎこちない男女が、押し黙ったままプロムナード・デ・ザングレをじっと見つめてお茶を飲んでいる。彼らもまた、途切れることのないこの人波に、おのれの過去の姿をうかがっていたのだろう。

家に帰るときはいつも、シミエ大通りのちょうど曲がり角にある、かつてのマジェスティック・ホテルのレストランを横切っていく。いまではもう集会や展示会に使われるだけのホールだ。そのいちばん奥まった薄暗いところで、合唱隊が英語の讃美歌を歌っていた。階段のあがりはなに掲げられた看板には、《本日・聖なる休息所》とあった。三階にある部屋のドアを閉めたときにも、まだ合唱隊の甲高い歌声が聞こえていた。クリスマス・ソングのようだ。じっさい、クリスマスが近かった。この家具浴室付きの部屋は、ひどく寒かった。もとはホテルの一室で、戸棚の内側には、まだ二五二号という銅板のルームナンバーが残っていた。

小さな電気式ラジエーターをつけたが、そこから放たれる熱はあまりに弱く、結局コンセントを抜いてしまった。靴もぬがずに、ベッドに横になった。

マジェスティックと名のついたこの建物には、以前ホテルのスイートルームだった三、四部屋からなるアパルトマンと、改修の際に壁をとり払ったワンルームがいくつかある。私はワンルームに住むのが好きだ。そのほうが寂しくなくていい。いまだにホテル暮らしをしているような錯覚を起こすからだ。ベッドはあいかわらず二五二号室のものだし、ナイトテーブルも当時のままになっている。ルイ十五世風の家具に似せた、くすんだ木製の机がマジェスティック備え付けのものかどうかは疑問だが、絨毯——所々すり切れ、灰色がかったベージュのこの絨毯——は二五二号室にはなかったものである。浴槽と洗面所も変えられていた。

夕食をとる気にはなれなかった。電灯を消し、目を閉じて、遠くに聞こえる英語の讃美歌の声に揺られていた。暗がりのなかでベッドに横たわっていると、電話が鳴った。

「もしもし……ヴィルクールですが……」

声はずいぶん低く、ほとんどささやいているようだった。

「いま、よろしいでしょうか……電話帳であなたの番号を見つけたんです……」

私は黙っていた。彼はまた私に訊ねた。

「いま、よろしいでしょうか……」

「どうぞ」

「はっきりさせておきたいことがあっただけなんですよ、わたしたちのあいだでね。別れ際に、あなたから恨まれているような気がしたものだから……」

「恨んだりしてませんよ……」

「じゃあ、私にむけたあのしぐさは……」

「冗談です」

「冗談？　じつに風変わりなユーモアのセンスをお持ちだ」

「そのとおり」と私は彼に言った。「そういう人間だと思っていただくよりほかないですね」

「あのしぐさはいかにも挑発的でしたが……なにか仰りたいことでもあるんですか……」

「ありませんよ」

「こちらからはなにも頼んだりしなかった……あなたのほうなんですよ、アンリ、わたしを探しに来たのは。ガンベッタ大通りの露店の前で待っていたのは、あなたのほうでしょう」

「私はアンリなんて名前ではありません……」

「これは失礼……べつの男と混同してました……いつも競馬の予想をしていたあの褐色の髪の男と……シルヴィアがあんなやつのどこを見込んでいたのか不可解ですがね……」

「あなたとシルヴィアの話はしたくありません」

暗がりのなか、この男と電話で話をつづけるのはじつに苦痛だった。ホールからは、あいかわらず英語で歌う合唱隊の声が聞こえていた。おかげで気は楽になる。今夜はひとりきりではないわけだ。

「わたしとはシルヴィアの話をしたくない、と仰る。いったいどういうことです？」

「あなたの言うシルヴィアと私のシルヴィアとは別人だからですよ」

私は受話器を置いた。すぐにまた電話が鳴った。

「切ることはないじゃありませんか……しかしもう逃しはしませんよ……」

彼は声にどこか皮肉な調子をこめようとしていた。

「疲れているんです」

「こっちだって疲れてるんです。だからといって話をしないという言い訳にはなりませんよ。当時のことを知っているのは、もうわたしたちだけなんですから……」

「あなたはすべて忘れたんだと思ってましたがね……」

一瞬、沈黙があった。

「すっかりというわけではありませんよ……気にさわりますか？」

「べつに」

「いいですか、シルヴィアをいちばんよく知っていたのは、このわたしだったんですよ……彼女が最も愛していた男は、このわたしだったんだ……責任逃れをしようとは思いません」

私はまた電話を切った。数分して、ふたたびベルが鳴り響いた。

「シルヴィアとはしっかりした絆で結ばれていた……それ以外のことは、彼女にとってどうでもよかったんだ……」

二度電話を切られたにもかかわらず、彼はなにごともなかったかのように話していた。

「いまのようなことを、洗いざらいお話ししたいんです、あなたが望もうと望むまいとね……承知してくださるまで、何度もかけなおすことになりますよ……」

「また切るだけのことです」

「ならば、お宅の前で待ちましょうか。そう簡単に逃げられはしませんよ……とにかく会いに来たのはあなたのほうなんだから……」

私はもう一度電話を切った。ふたたびベルが鳴った。

「忘れられないことが、いくつもある……まだまだ困らせることができるんですよ、いくらでもね……シルヴィアのことを真面目に話し合いたいんです……」

「こちらだって、あなたにいくらでも嫌な思いをさせられますよ。それをお忘れのようですね」と私は彼に言った。

今度は切ってから自分の番号をまわし、音が聞こえないよう受話器を枕の下に突っ込んだ。

私は起きあがって電灯を点けずに窓辺に行き、身体をあずけるように窓の下を眺めた。シミエ大通りに人影はなかった。ときおり車が通り過ぎたが、そのたびに停車するのではないかと思った。ドアを開ける音がして、ヴィルクールが出てくる。マジェスティックのファサードに顔をあげ、まだ明かりがついている階を調べ、ちょうど通りがカーブになるあたりの電話ボックスに入るのだ。受話器をはずしておく？　それともちゃんと出てやる？　いちばんいい方法は、ベルが鳴るのを待って受話器を耳にあて、なにも言わず黙っていることだ。ヴィルクールは繰り返すだろう、《もしもし……聞こえますか？　もしもし……聞こえますか？　お宅のすぐ近くまで来ているんです……返事をしてください……返事をしてください……》。不安と嘆きを募らせていくこの声に私があてがってやるのは、ただ沈黙だけだ。そう、私自身が感じているこの空虚な気持ちを、彼に伝えてやりたい。

しばらく前に、合唱隊の歌は終わっていた。私は窓辺にじっと立ちつくし、ヴィルクールのシルエットが、あの日曜日、プロムナード・デ・ザングレに浮かびあがったように、窓の下の大通りの白い明かりに浮かびあがるのを待っていた。

昼近くにガレージへ下りて行った。ガレージへはコンクリートの階段を使って、建物の一階から入れるようになっている。ホールの奥の廊下をつたい、扉を開け、通路の明かりをつけるだけでいい。

ガレージはマジェスティックの下にあるだだっぴろい空間で、ホテル時代にはもう駐車場として利用されていたはずだ。

誰もいなかった。三人いる従業員は昼食に出て留守にしていた。じつのところ、彼らの仕事も徐々に減っていたのだ。誰かが給油所のわきでクラクションを鳴らしていた。メルセデスが一台停まっていて、運転手が満タンにしてくれと私に頼んだ。法外なチップを渡された。
それから、ガレージのなかにある事務所へ向かった。青みがかった緑色の壁とガラスで仕切られた一室だ。白木のテーブルに、私の名前を書いた封筒が置かれていた。封を開けて、読んでみた。

《ご安心ください。もう私のことは耳に入らないでしょうから。シルヴィアのことも。

ヴィルクール》

念のため、ポケットから彼の名刺を取り出し、アンチーブの家の番号をまわしてみた。誰も出なかった。私は事務所の片づけをした。何カ月も前から山積みになっている古い書類や請求書を、スチール棚に整理した。これらはみな、じきに処分されるはずになっていた。ガレージに事務所が持てるよう便宜をはかってくれた建物の支配人から、ここはただの駐車場に模様替えされると聞かされていた。
ガラス張りの壁のむこうを眺めると、ボンネットが開けられ、後輪のひとつがぺしゃんこになった米国車が待ちかまえていた。他の連中が戻ってきたら、あの車の修理を忘れてたんじゃないかと訊いてみなければ。だが、戻ってくるのだろうか。彼らもガレージが近々閉鎖されることを告げられていた。たぶん、どこかにべつの仕事を見つけているだろう。その手の周到さを欠いているのは、私ぐらいのものだった。

しばらくして、午後になってから、もう一度アンチーブのヴィルクールの番号をまわしてみた。誰も出なかった。三人の従業員のうち、ひとりだけ戻ってきて、米国車の修理を終えていた。一、二時間留守にするから、給油所のほうを見ていてくれと私は彼に頼んだ。

いい天気だった。デュブッシャージュ大通りの歩道には、枯れ葉が散りつもっていた。歩きながら、将来のことを考えてみる。ガレージの閉鎖に対しては補償金が出るだろうし、しばらくはそれで食いつなぐことができるだろう。家賃はただみたいなものだから、マジェスティックの部屋は借りたままにしておける。たぶん支配人のボワテルは、仕事の謝礼として家賃を払わずに済むよう取り計らってくれるだろう。そうだ、ずっとコート・ダジュールに残ることにしよう。居場所を変えてどうなるというものでもない。またむかしの写真屋に戻って、ポラロイド片手にプロムナード・デ・ザングレで旅行者が通りすぎるのを待つこともできる。ヴィルクールの名刺を見て思ったことは、自分にも当てはまった。数年あれば、野心など消え失せてしまうのだ。

いつのまにか、アルザス・ロレーヌ公園まで来ていた。ガンベッタ大通りを左折し、露店の裏手にまたヴィルクールがいるのではないかと思うと、軽い胸の疼きを感じた。今度は私がいることを気づかれないよう遠くから眺めるだけにして、さっさと立ち去ろう。露店商の姿を確かめ、それがかつてのヴィルクールではなく、自分の人生にはなんのかかわりもない男だとわかれば気が楽になる。なんのかかわりもないこと。クリスマス間近のニースの歩道にいくらでもいるような、罪のない露店商がひとり。それだけのことだ。

露店の裏手に動く人影を私は認めた。ビュッファ通りを横切るとき、それがヴィルクールではなく、タータンチェックの上着を着た、ブロンドで大柄の、馬みたいな顔の男だとわかった。このあいだのように、私は最前列に滑り込んだ。男は台もマイクも使わず、目の前の商品を列挙しながら、ひときわ大きな声で客寄せをしている。ヌートリア、子羊、ウサギ、スカンク、総革の、あるいはなかが毛皮になっているブーツ……露店の品揃えは前日より豊富で、このブロンドの男はヴィルクールより大勢の客を引きつけていた。革製品はほとんどなく、かわりに毛皮がたくさんあった。たぶんヴィルクールは、毛皮を売るのに不向きと判断されたのだろう。

男はヌートリア皮の上着と短コート付のラムスキンのツーピースを二割引にしていた。ラムスキン？　ありとあらゆる色があった。黒、チョコレート、マリンブルー、ブロンズがかった緑色、フクシア、鮮やかな紫……買った者にはマロン・グラッセがひと箱おまけにつく。男の口調がますますはやくなり、頭がくらくらしてきた。とうとう私は隣のカフェのテラスに腰を下ろし、人だかりが散るまで一時間近く待った。とっくに日は暮れていた。

露店の裏に、男はひとりで残っていた。私は男に近づいた。

「もうおしまいだよ」と彼は私に言った。「でも欲しいものがあるんなら……上着がある……お買い得だ……三割引だよ……やわらかいラムスキンのロングベスト……裏地はタフタで、サイズは三八から四六……それなら半額にしとこう……」

こちらが言葉をさえぎらなければ、男はいつまでも喋っているだろう。饒舌に酔っているのだ。

「フレデリック・ヴィルクールをご存知ですか？」と私は訊ねた。

「いいや」

男は毛皮と革の上着を、数枚ずつ交互に積みあげていた。

「でも昨日の午後、いまあなたがいる場所にその男はいたんですよ」

「いいかい、コート・ダジュールじゃ、俺たちは《フランス・キュイール》に働かされっぱなしなんだよ……」

軽トラックが露店の前に止まった。昨日とおなじ運転手が降りてきて、スライド式のドアを開けた。

「こんにちは」と私はその男に声をかけた。「昨晩、友人といるときお会いしましたね……」

男は眉をひそめて私を見つめた。なにも覚えていないようだった。

「ル・フォールム館の隣のカフェに、友人を迎えにいらしたでしょう……」

「ああ、そうだ……そうだったな……」

「急いでこれをみんな積んじまってくれ」と馬面の男が言った。

運転手はコートと上着を次々に手に取り、ハンガーに通してからトラックのなかに掛けていく。

「彼の居場所をご存知ありませんか？」

「《フランス・キュイール》にはもう勤めていないだろうな……」

男は素っ気ない口調で答えた。まるでヴィルクールが大ポカをやらかしたかのように、そして《フランス・キュイール》のために働くのがいかにも特権的なことだとでもいうかのように。

「正社員だとばかり思っていましたが……」

馬面のブロンドの大男は屋台の縁に尻をもたせかけ、手帳になにやら書きつけている。一日の売り上げだろうか？

私はポケットからヴィルクールの名刺を取り出した。

「昨晩、あなたは彼を家まで送ったはずです……アンチーブの、ボスケ通り五番地……」

運転手はコートと上着をトラックに片づけるばかりで、私には目もくれない。

「そいつはホテルさ」と彼は私に答えた。「《フランス・キュイール》の売り子が寝泊まりしてるんだ……俺たちはそこで、カンヌだのニースだので働けと命じられる……」

私は運転手にラムスキンのコートを手渡し、ついで革の上着を、それからなかに毛皮が張ってあるブーツを渡した。軽トラックに積むのを手伝えば、ヴィルクールに関してなにかほかに情報をくれる気になるかもしれない。

「売り子の顔をぜんぶ覚える暇なんてありゃしないよ……回転があるからな……週に一ダースも新顔が来るんだ……二、三日見かけることはあっても……またべつのところへ行っちまう……そしてほかの連中が取って代わる……《フランス・キュイール》についていれば食いっぱぐれはないんだ……あらゆる地方に在庫がある……カンヌやニースだけじゃなく……グラースにも……ドラギニャンにも……」

「じゃあ、アンチーブで友人に会える機会は、もう全然ないということですか？」

「まあないだろうな……あいつの部屋にはもうべつの野郎が入ってるはずさ……たぶんあのなんとかって野郎がね……」

あいかわらず手帳にメモを書きつけている、馬みたいな顔をしたブロンドの大男を、彼は私に示した。

「そうなると、友人の居場所を知る手立てはまったくないんでしょうか？」

「可能性はふたつ。ひとつは……もう《フランス・キュイール》に勤めちゃいないってことさ、お払い箱にされてね。あいつは《売り子》としてはいまひとつだったからな……」

彼はコートと上着を軽トラックに掛け終わり、マフラーの端で汗を拭っていた。

「そうでなければ、どこかよそへ送られたかだ……ただし、本部に問い合わせたってなにもわかりゃしないよ……職業上の秘密というやつでね……あの男の身内じゃないんだろう？」

「ええ」

彼の口調はやわらいでいた。馬面の、ブロンドの大男が私たちのところへやって来た。

「ぜんぶ積んだか？」

「積んだよ」

「じゃあ、行くとするか……」

馬面の男は軽トラックの助手席に乗り込んだ。もうひとりの男はドアを閉め、ロックされているかどうか入念に調べたうえで運転席に乗り込み、半開きのウインドーからこちらに身を乗り出した。

「《フランス・キュイール》は時々売り子を外国に送ることがある……ベルギーには倉庫がいくつもあるからな……たぶんベルギーに送られたんだろうよ……」

彼は肩をすくめて車をスタートさせた。私は軽トラックを目で追った。車はプロムナード・デ・ザングレの角に消えた。

なまあたたかい陽気だった。私はアルザス・ロレーヌ公園まで歩き、ブランコと砂場のうしろのベンチに腰を下ろした。この場所が好きなのは、空にくっきり映える笠松と建物があるからだ。午後になると、よくシルヴィアとここへ座りに来たものだ。子どもを見守る母親たちにまぎれていれば安全だった。こんな公園にまで私たちを探しに来る者は誰もいないだろうし、周囲の人々はこちらの存在を気にも留めていない。ふたりのあいだに、滑り台をすべったり砂の城を作ったりする子どもがいても、おかしくはないのだから。

ベルギーへ……おそらく、ヴィルクールはベルギーへ追い払われたのだろう……ブリュッセルの南駅あたりで、夜中に、許可なしでキーホルダーや古ぼけたポルノ写真を売るヴィルクールの姿を私は想い浮かべていた。ヴィルクールはもう彼自身の影でしかなかった。今朝、彼がガレージに残していった私宛ての言葉など驚くに足りなかった。《もう私のことは耳に入らないでしょうから》。そういう予感はしていたのだ。驚かされたのはむしろ、ヴィルクールが私にこんな手紙を書き残したことのほうだった。彼がまだ生きていたという物的証拠になりうるものだから。昨晩、彼が露店の裏手に立っていたとき、ヴィルクールかもしれないと気づき、まちがいないと確信するまでにしばらく時間がかかった。人だかりの最前列に立ちつくして、彼自身にお前はヴィルクールだと思い出させるかのように、私はじっと見つめていた。その執拗な眼差しのもとで、彼はかつてのヴィルクールに戻ろうと努めたのだ。数時間のあいだ、彼はなおこの役割を演じつづけ、私に電話をしてきたりした。しかし心はもうそこにはなかったのだ。いまごろは、ブリュッセルのアンスパッフ大通りを通って北駅まで行き、あてどなく電車に乗っているのだろう。トランプに興じる行商人たちの、煙草の煙でいっぱいの車両に乗り込んでいるのだ。そして列車は、どことも知れぬ方角へ走り去っていく……

シルヴィアと落ちのびていく場所として、私もベルギーを考えていた。だが、私たちはフランスを離れたくなかった。誰にも気づかれずに暮らせる大都市を見つけなければならなかった。ニースの人口は五十万人。五十万の人間のあいだでなら、姿を消すことができる。ニースはありきたりの都市ではない。おまけに地中海があった……

辻公園とヴィクトル・ユゴー大通りの角になっている建物の、四階の窓のひとつに明かりが灯っている。そこにはエフラトゥン・ベイ夫人が住んでいた。いまでもここで暮らしているのだろうか。知りたければ、ドアの呼鈴を鳴らすか、管理人に訊ねてみるべきだろう。黄色い光に照らし出された窓を、私は見つめた。私たちがこの街にやって来るずいぶん前から、エフラトゥン・ベイ夫人は自由気ままな暮らしをつづけていた。あの頃のことを、彼女はぼんやりとでも覚えているだろうか。ニースに住む他の数かぎりない亡霊たちのなかで、夫人は心優しい亡霊だった。ときおり、午後になると、彼女はこのアルザス・ロレーヌ公園にやって来て、私たちのわきのベンチに座ることがあった。亡霊は死なない。彼らの部屋の窓にはいつまでも明かりがついている。まわりの、ファサードがなかば辻公園の笠松で隠された、この黄土色と白の建物すべてに明かりがついているように。私は立ちあがり、ヴィクトル・ユゴー大通りに沿って歩きながら、機械的にプラタナスの数をかぞえてみた。

当初、シルヴィアがこの街で私に合流したときには、今晩とはものごとがちがって見えた。あの頃のニースは、歩きまわった末にマジェスティックのホールや役立たずのラジエーターがある自分の部屋に戻って来られるほど親しみの持てる街ではなかった。幸いなことにコート・ダジュールの冬は穏やかだから、コート一枚で寝ることになっても、いっこうにかまわない。おそろしいのは春だ。春は毎回、高波のように訪れる。そのたびに私は、甲板でひっくり返るのではないかという気がするのだ。

人生があらたな流れにむかうには、そして過去のすべてを消し去るには、しばらくニースに身を潜めていればじゅうぶんだと私は考えていた。のしかかる重圧も、いずれは感じられなくなるだろうと私たちは考えていた。あの晩、私は今日よりずっとはやい足取りで歩いていた。グノー通りでは理髪店の前を通ったものだ。店のネオンはいまでも輝いている——そう、歩みをつづける前に、どうしてもそれを確かめておかずにはいられなかったのだ。

私はまだ、今晩のような亡霊ではなかった。この見知らぬ街でふたりはすべてを忘れ、すべてを零からやりなおせるものと私は信じていた。零からやりなおす。ますます軽くなる足取りでグノー通りを歩きながら私が繰り返していたのは、そんな文句だった。

《まっすぐですよ》。駅への道を訊ねた私に、通りがかりの人が教えてくれた。まっすぐ。私は未来を信じていた。ニースの街なみは、私には新鮮だった。多少いい加減に歩いたって、どうということはない。シルヴィアの乗った列車は、二二時三〇分になるまでニース駅に到着しないのだから。

シルヴィアの手荷物はガーネット色の大きな革のバッグひとつと、首にかけた《南十字星》ですべてだった。彼女がこちらに歩いてくるのを見て、私はおどおどしていた。アヌシーのホテルに彼女を残してきたのは一週間前のことだった。私が先にニースに行って、この都市にしっかり落ち着けるかどうかを確かめたかったからだ。《南十字星》は、コートの襟もとからのぞいている黒いジャージー織りのセーターのうえで輝いていた。私と目が合うと彼女は微笑み、襟を折った。こんな宝石をこれ見よがしに身につけるなんて、思慮に欠けている。もし列車の席の真むかいに宝石商が座っていて、注意をひいていたらどうする？　だがこんな奇妙な想像に自分で笑ってしまった。彼女の旅行鞄を手に取った。

「きみのコンパートメントに、宝石商は乗ってなかったかい？」

つい先ほどニース駅で下車し、ホームにいる私たちのまわりに歩いてくるまばらな旅行客を、私はじろじろ眺めていた。

タクシーのなかで、ほんの少しのあいだ不安に駆られた。選んでおいた建物や部屋のたたずまいが、シルヴィアの気に入らないかもしれない。しかしフロント係に目をつけられるようなホテルより、こういうところに住むほうがいい。

タクシーは、私が今日たどっているのと逆の道を走った。ヴィクトル・ユゴー大通り、アルザス・ロレーヌ公園。それは一年のちょうどこの時期、つまり十一月の終わり頃だった。プラタナスは今夜とおなじように落葉していた。シルヴィアは首から《南十字星》をはずした。私のてのひらにダイヤモンドと鎖の触れるのが感じられた。

「持ってて……でないと、失くしてしまうわ……」

私は慎重に、上着の内ポケットに《南十字星》を滑り込ませた。

「おなじコンパートメントの、きみの真むかいに、宝石商が乗り合わせてたと思うかい？」

彼女は私の肩に頭をあずけた。タクシーはグノー通りの角で停車して、左手から来るほかの車に道を譲っていた。通りの角の理髪店のファサードが、ばら色のネオンに輝いていた。

「とにかく宝石商の前に座ってたとしたら、模造品《ビュルマ》だと思われたでしょうね……」

運転手に聞かれないよう、シルヴィアは耳もとでそうささやいた。それもヴィルクールが上品ぶろうとしていた頃、《場末訛り》と呼んでいた語調で。私はそのイントネーションが好きだった。少年時代に親しんだものだったからだ。

「そうだな、でも、もっとよく調べさせていただけませんかって頼まれでもしたら……拡大鏡でさ……」

「そしたら、家宝ですと言ってやったわ」

タクシーは、カファレッリ通りの、家具付きの貸し部屋があるヴィラ・サンタンヌの前で止まった。ふたりともしばらく歩道のうえで動かずじっとしていた。私はシルヴィアの旅行鞄を持っていた。

「部屋は、庭の奥だよ」と私は彼女に言った。

がっかりされるのではないかと心配だった。いや、そんなことがあるはずはない。彼女は私の腕を取った。鉄柵を押し開けると、葉ずれの音がした。私たちは、玄関のガラス張りのドアのうえの電球で照らし出されているヴィラまで、薄暗い小径をたどった。


ヴェランダの前を通った。まず一カ月だけ部屋を借りに来たとき大家が迎え入れてくれた客間に、シャンデリアが灯っていた。

私たちは誰の注意もひかずにヴィラをひとまわりした。私が裏口のドアを開け、ふたりで使用人のための階段をのぼった。部屋は二階の廊下のつきあたりにあった。

シルヴィアは古びた革のソファーに腰を下ろした。コートは着たままだった。内装に慣れようとするかのように、彼女は周囲を見まわした。ヴィラの庭に面しているふたつの窓は、黒いカーテンでまもられている。壁はばら模様の壁紙で覆われていたが、奥のほうだけはべつで、そこには山小屋を思わせる白木が張られていた。革のソファーと銅製の支柱のあるわりあい大きなベッドが置かれている以外、家具はなかった。

私はベッドのへりに座って、シルヴィアが口を開くのを待っていた。

「とにかくここなら、誰かが私たちを探しに来たりしないわね」

「まずないだろうね」と私は彼女に言った。

自分自身をもっとよく納得させるためにも、この場所の利点をシルヴィアに詳しく話しておきたかった。一カ月分前払いしているし……独立した部屋だ……鍵はいつも自分たちで持てる……家主は一階に住んでいて……余計な世話は焼かないでくれるだろう……

だが、シルヴィアは私の話を聞いていないようだった。弱い光を投げているペンダントライトを、ついで寄せ木の床を、そして黒いカーテンを見つめていた。

コートを着たままなので、彼女はいまにもこの部屋を出ていくように見えた。たったひとり取り残されてしまうのではないかと私は怖かった。シルヴィアは椅子の肘掛けに両手をぴったり置いたまま、じっと動かない。彼女の眼差しに落胆の色が浮かんだ。私もおなじ思いだった。

シルヴィアは私を見すえた。それだけですべては一変した。おそらく、ふたりが同時におなじ思いを味わっているのを、彼女は感じ取っていたのだろう。私に微笑みかけ、誰かがドアのむこうで立ち聞きしているのを怖れるみたいに、小声で言った。

「心配いらないわ」


ヴィラの一階のスピーカーから聞こえていた音楽とアナウンサーの低い声が、ぴたりとやんだ。テレビかラジオが消されたのだ。私たちはベッドに横になっていた。カーテンを開けておいたので、ふたつの窓から弱々しい光が薄暗い部屋に差し込んでいた。私はシルヴィアの横顔を見つめていた。首から《南十字星》を下げ、両腕をうしろにまわして、ベッドの柵をつかんでいた。宝石をつけたまま眠りたいと彼女は言った。そうすれば、盗まれる心配はないでしょ、と。

「なにか変なにおいがすると思わない？」

「そうだな」

はじめてこの部屋を訪れたとき、かびくさいにおいに喉をやられたものだった。新鮮な空気を少しばかり入れようとふたつの窓を開けてみたが、なんの効果もなかった。においは壁や革のソファーや羊毛の毛布に染み込んでいた。

私はシルヴィアに近寄った。するとまもなく、部屋のにおいより彼女の香水のほうが強くなった。私にはもうなくてはならない香りだ。それはちょうどふたりを互いに結びつけている絆のような、どこか甘美で謎めいたものだった。

今夜はマジェスティックのかつてのホールで、《遙かなる大地》協会の週例会がおこなわれている。そのつもりなら部屋に戻らず、木の椅子のひとつ――辻公園にあるのとおなじ椅子だ――に座り、集まった百人ほどの人々にまじって講演者の話を聴くことができる。出席者は、それぞれコートの裏地に、協会の略号である《TL》という青い文字が記された丸くて白いワッペンをつけていた。残念ながら空席はひとつもなく、私は壁づたいにホールをすり抜けて階段までたどりついた。

いま借りている私の部屋は、カファレッツリ通りのペンション・サン・タンヌの部屋に似ている。冬になると、湿気と古い木や革のせいで、おなじにおいが漂う。住む場所は、いつのまにか私たちの心に影響を及ぼしてくるものだが、シルヴィアと暮らしたカファレッツリ通りでの私の精神状態はちがっていた。このごろよく、私はその場で朽ち果てていくような思いにとらわれることがある。それでも、自制心を働かせれば一瞬ののちにそんな印象は消え失せ、ある種の解脱感、穏やかで軽やかな感覚しか残らなくなる。あとはどうでもよくなってしまう。カファレッリ通りに住んでいた頃は、ときに失意に陥ることもあった。しかし将来の見通しは明るかった。この厄介な状況からいつかは抜け出せる、ニースはふたりにとって停泊地にすぎないし、すぐにもここから遠く離れた外国へ発てるだろうと、そんな幻想を抱いていた。この街がじつは沼のごときもので、少しずつそこに呑み込まれていくことになろうとは、まだわかっていなかったのだ。おまけに何年も費やして、結局はカファレッリ通りからいま住んでいるシミエ大通りへと移動するだけになろうことも、わかっていなかった。

シルヴィアが到着した翌日は日曜日だった。私たちは午後遅く部屋を出て、プロムナード・デ・ザングレのカフェのテラスに腰を下ろした。このあいだの晩、革のバッグを斜めがけにしたヴィルクールが通り過ぎるのを見たのとおなじカフェのテラスだ。ヴィルクールは、逆光のなか、目の前を次々に通り過ぎてゆく人々の影のひとりに、シルヴィアと私の目からするとずいぶん年老いて見えるあの男女のひとりになっていた……部屋のドアを閉めると、恐怖が襲ってくる。いまや私もそのひとりではないのか？　あの晩、彼らは隣のテーブルでゆっくりとお茶を飲んでいた。シルヴィアと私は、プロムナード・デ・ザングレをひっきりなしに通り過ぎていく人々を、じっと見つめていた。冬の日曜日の夕刻だった。私は知っている、シルヴィアと自分がおなじ思いにとらえられていたことを。いまこの時間にコート・ダジュール沿いをぶらついているすべての人々のなかから、《南十字星》を買ってくれる人物を見つけださねばならないということを。

何日ものあいだ雨が降りつづいた。アルザス・ロレーヌ公園の隅にあるキオスクへ新聞を買いに行き、雨のなかをペンション・サン・タンヌに戻ってくるのが、私の日課のようなものだった。大家が小鳥に餌をやっていた。彼女は古びたレインコートを着て、雨が入らないよう首にスカーフを巻いていた。優雅な物腰の、六十歳くらいの女性で、パリ訛りで喋った。腕をもたげて私に合図をしてから《こんにちは》と言い、ひとつひとつ籠を開けて穀粒を与え、また籠を閉める。それを、何度も繰り返していた。彼女もまた、いったいどんな因果でニースくんだりに落ちのびてきたのだろうか?

朝、目が覚めて、小さな物置の、亜鉛の屋根をたたく雨だれの音が耳に入ると、いち日じゅうこの調子だろうと察しがついたので、午後遅くまでベッドにじっとしていることがあった。日が暮れるのを待って外出するほうがよかったのだ。昼のあいだプロムナード・デ・ザングレや棕櫚やまばらな建物に降る雨は、心にわびしさを残す。壁は雨で湿っている。安っぽい装飾や化粧漆喰は、いずれすっかり水浸しになるにちがいない。そんな寂しさも、夜になれば明かりとネオンでまぎれた。

この街の罠にはめられているとはじめて感じたのは、雨のなか、新聞を買いに行くときに通ったカファレッリ通りでのことだ。だが、家に戻れば、またすぐに自信を取り戻した。シルヴィアはベッドの柵を背に、首を傾けて推理小説を読んでいた。シルヴィアがいてくれるかぎり、私に怖いものはない。彼女はぴったりした明るいグレーのとっくりセーターを着ていた。そのせいでいっそうきゃしゃに映った。セーターの色は、黒い髪や青い目の光とみごとな対照をなしていた。

「新聞にはなにも載ってない？」と彼女が言う。

私はベッドの足もとに座り込んで新聞をめくっていたのだ。

「ああ。なにも載ってないよ」

結局はすべてが混じり合ってしまう。拡張し、膨れあがり、虹色の風船のかたちになっていまにも破裂しそうな軽い透明のペーストのなかで、過去のさまざまな映像が錯綜する。はっと目を覚ますと、心臓が激しく打っていた。静寂のなかで苦悩が大きくなる。マイクが単調な声をこの部屋まで響かせていた《遙かなる大地》の講演者の話は、もう聞こえてこない。あの声と、そのあとにつづいたドキュメンタリー映画の音楽——ハワイアンギターの物哀しい音色が聞こえていたから、たぶん太平洋についての映画なのだろう——に揺られて、寝入っていたのだ。

私たちがニール夫妻に会ったのは、ヴィルクールがニースにやってくる前のことだったのか、あとのことだったのか、もう憶えていない。記憶を探ってなにか目印になるものを見出そうとしても、ふたつの事件は識別できずじまいだ。だいいち、事件などありはしなかった。けっして。事件という言葉は適切ではない。それはなにか粗野で見世物的なものを連想させる。ちがうのだ、すべてはそっと、目に見えないしかたで、カンヴァスにタピスリーの模様がゆっくりと織りあがっていくように、人々がプロムナード・デ・ザングレの歩道にいる私たちの目の前を歩いていくように進行したのである。

午後六時頃、私たちはクゥイニーのガラス張りのテラスのテーブルに座っていた。街灯に薄紫色の光が揺れていた。夜だった。私たちは待っていた。なにを待っているのか、よくわからないままに。プロムナード・デ・ザングレのおなじテラスに座って何年ものあいだ待ちつづけた、数かぎりない連中――自由地帯への逃亡者、亡命者、イギリス人、ポーランド人、ジゴロ、パレ・ド・ラ・メディテラネにいるコルシカ人の賭博台係《クルーピエ》――と大差なかった。四十年来その場所から動かない者もいたのだ。あのふたりは、隣のテーブルでぎこちなくお茶を飲んでいた。そしてピアニストは？　あのピアニストが午後五時から八時まで、カフェの奥で鍵盤をつまびくようになったのは、いつからなのだろう？　好奇心にかられて、私は彼に訊ねてみたことがある。ずいぶん前からですよ、とピアニストは応えた。事情を詳しく知りすぎ、表沙汰にはできない秘密を隠そうとする人間が使うたぐいの逃げ口上だ。要するにあのピアニストも、シルヴィアや私の同類なのだった。私たちがホールに入るのを見るたびに、彼はそれとなく合図をくれたものだ。首を親しげに傾けたり、鍵盤のうえで和音を大きく響かせたりして。

その日の夕方、私たちはいつもより遅くまでテラスに残っていた。客はひとり、またひとりとすっかり出払ってしまい、残っているのは私たちとピアニストだけになっていた。夕食に来る最初の客が現われる前の、ぽっかり空いた瞬間だ。ボーイたちは店の《レストラン》部でテーブルの準備を終えていた。私たちはその夜をどう過ごしていいのかよくわからなかった。ペンション・サン・タンヌの部屋に帰るのか？　ル・フォールム館の夜の上映に出かけるのか？　それともただたんに、待っているのか？

彼らはすぐ近くのテーブルに腰を下ろした。隣り合って座った彼らの位置は、ちょうど私たちの正面にあたり、男はスエードのブルゾンを着て、どちらかというと締まりのない様子だった。長旅から戻った直後のように、あるいはまる二日間眠っていないかのようにやつれた顔をしていた。女のほうは逆に、きちんと行き届いた身なりだった。髪型と化粧のぐあいを見ると、夜会にでも出かけるらしい。毛皮のコートを羽織っていたが、黒貂の毛にちがいなかった。

きっかけは最もありきたりで、最も自然なしかたで訪れた。火はありますか、とニールが訊ねてきたのだと思う。彼らと私たちのほか、テラスには誰もいなかった。おかげで彼らは、夕食前の、動きの途絶えた時間だと気づいたのだ。

「一杯やることすらできないのかな?」とニールは笑みを浮かべながら言った。「すっかり見放されてしまったわけですかね?」

ボーイがひとり、だれた足取りで彼らのテーブルへやって来た。記憶によれば、ニールはエスプレッソをダブルで注文した。そのせいで、彼がしばらく眠っていないと思い込んでしまったのだ。ずっと奥では、楽器がきちんと調律されているかを確かめるためだろう、ピアニストがおなじキーをたたいている。夕食の客はひとりも現われていなかった。ホールでは、ボーイたちがじっと待ちかまえていた。そしてあいかわらずおなじピアノの音が聞こえてくる……プロムナード・デ・ザングレには、雨が降っていた。

「いまひとつ盛りあがりませんね」とニールが言った。

女は黙ったまま、ニールの横で煙草をくゆらせている。彼女は私たちを見て、笑みを浮かべていた。ニールと私たちに、話の糸口が見つかった。

「ニースにお住まいですか？」

「あなたがたは？」

「ええ、ここに住んでます。ニースには、ヴァカンスでいらしたんですか？」

「この街の雨は、それほど悪くありませんね」

「ほかの曲も弾けるだろうに」とニールが言う。「頭がずきずきしてくる……」

ニールは立ちあがってホールに入り、ピアニストのほうへ歩いて行った。女は依然としてこちらに笑みを浮かべている。ニールが戻ると、《ストレンジャー・イン・ザ・ナイト》の出だしが聞こえてきた。

「お気に召しますかな、この曲は？」と彼は私たちに訊ねた。

ボーイが飲み物を運んできた。いっしょに飲みませんか、とニールが誘った。それでシルヴィアと私は、彼らのテーブルに座ったのだ。《事件》という言葉がしっくりこないように、《出会い》という言葉もここでは当たらない。私たちはニール夫妻に出会ったわけではない。むこうがこちらの網に滑り込んできたのである。それがあの晩のニール夫妻でなかったとしたら、その翌日か翌々日には、べつの誰かが滑り込んできただろう。何日も何日も前から、シルヴィアと私は、ひと通りの多いさまざまな場所で、じっと動かずにいた。ホテルのホールやバー、プロムナード・デ・ザングレのカフェのテラス……いまになって見ると、私たちは巨大な、目に見えない蜘蛛の巣を張り、誰かがそこに掛かるのを待っていたような気がする。


彼らのどちらにもかすかな外国訛りがあった。私は訊ねてみた。

「イギリスの方ですか?」

「わたしはアメリカ人」とニールは言った。「妻はイギリス人です」

「育ちはコート・ダジュールよ」と妻は訂正した。「生粋のイギリス人というわけではございませんの」

「わたしも生粋のアメリカ人というわけじゃない」とニールが言う。「ずいぶん前からニースに住んでおりますのでね」

こちらの存在を忘れているかと思うと、つぎの瞬間には熱のこもった優しさで話しかけてくる。放心と上機嫌とがニールのなかでこうして入り乱れるのは、極度の疲労と時差とでぼんやりしているためらしい。昨日はまだアメリカにおりましたのでね、と彼は私たちに言った。妻はその晩ニース空港へ夫を迎えに行ったのである。彼女はこんなにはやく夫が戻ってくるなんて、予想もしていなかった。夫が空港から電話してきたとき、友人と外出するところだった。夜会服と毛皮のコートを着ていたのはそのためだ。

「ときどき、合衆国まで旅行をしなければならないのですよ」とニールが説明する。

妻のほうもどこかふわふわしていた。マルティーニをひと息に飲んだせいだろうか？ それともイギリス人女性特有の、夢見がちでエキセントリックな性格のせいなのだろうか？ またしてもシルヴィアと私が張りめぐらした蜘蛛の巣のイメージが心にのしかかってきた。ニール夫妻は、ほとんど抵抗できない状態で蜘蛛の巣にとらえられたのだ。彼らがこのカフェのテラス席に侵入してきたときの様子を思い出してみる。いくらか取り乱した顔で、たよりなげな歩き方ではなかっただろうか？

「おまえの友人の家に行く力は、もう残ってないと思うな」とニールは妻に言った。

「どうってことなくてよ。キャンセルしますから」

ニールは三杯目のコーヒーを飲みほした。

「だいぶ気分がよくなってきました……確固たる大地に戻ってくるのは、じつにいいものですな……飛行機は耐えがたい……」

シルヴィアと私は視線を交わした。暇乞いをすべきか、いっしょにいるべきか、わからなかった。彼らは私たちをもっとよく知りたがっているのだろうか？　ガラス張りのテラスの照明が、私たちを薄明かりで包んでいるレストランのホールのものだけを残して、スイッチの音とともに消えた。

「どうやらわれわれを追い払いたいらしいな」とニールが言った。

彼はブルゾンのポケットを探った。

「しまった……フランスの金は持っていないんだ」

私が勘定を払おうとしたのだが、ニールの妻がもうハンドバッグから札束を取り出していた。彼女はそこから一枚引き抜いて、無造作にテーブルに置いた。

ニールは立ちあがった。こういう薄明かりのなかで見ると、ニールの顔はげっそりしていた。

「帰る頃あいだな。もう立ってられないよ」

妻が彼の腕を取った。私たちは彼らについて行った。

夫妻の車は、プロムナード・デ・ザングレのカフェから少し離れたところにある、イラン銀行の手前に停められていた。埃まみれのガラスのおかげで、銀行はかなり前から休業中だと知れた。

「お近づきになれてとても嬉しかった」とニールが私たちに言った。「しかし妙ですね……以前にお会いしたことがあるような気がする……」

彼はシルヴィアをじっと見つめていた。いまでもよく覚えている。

「どこかで降ろして差しあげましょうか?」とニールの妻が言った。

それには及びません、と私は応えた。シルヴィアと私はもうこのふたりから逃れられないのではないか、と私は怖れた。最後の一杯だからとまとわりついて、バーからバーへ連れまわそうとする酔っぱらいを思い浮かべた。時としてこの手の酔っぱらいは攻撃的になる。しかし粗野な呑んだくれとニール夫妻とに、どんな共通点があるというのか? 彼らはじつに上品で穏やかだった……

「どのあたりにお住まいですか？」とニール。

「ガンベッタ大通りのほうです」

「私たちもそちらなのよ」と彼の妻が言う。「よろしければそこまでお送りしますわ……」

「お願いします」とシルヴィアが応えた。

私は彼女のきっぱりとした口調に驚いた。嫌でも夫妻の車に乗せようとするかのように、シルヴィアは私の手を引いていた。私たちは後部座席に腰を下ろした。ニールの妻が運転席に座った。

「おまえに運転してもらったほうがいいな」とニールが言った。「ひどく疲れてるんだ、道路わきに突っ込みかねない」

明かりのすっかり消えたクゥイニーを通り、それからパレ・ド・ラ・メディテラネの前を通った。アーケードには鉄格子が下りていた。はめ殺しの窓とたわんだブラインドは、来たるべき取り壊しを約束されているようだった。

「アパルトマンにお住まいですか？」

「いえ、いまのところはホテル住まいです」

ニールの妻はクロンシュタット通りの赤信号を利用して、うしろを振りむいた。松のにおいがする。彼女の肌のにおいなのか、それとも毛皮のコートのにおいなのか？

「わたしどもは別荘のようなところに住んでおりましてね」とニールが言った。「あなたがたをお招きできたら、本当に喜ばしいのですが」

疲労で彼の声はこもり、例の軽い外国訛りが耳についた。

「ニースには、まだながくいらっしゃるんですか？」とニール夫人が訊ねた。

「ええ、ヴァカンスですから」と私。

「パリに住んでおられるのですか？」とニール。

なぜそんなことを訊いてくるのだろう？ ついさっきカフェにいたときには、私たちに特別な関心などまったく示さなかったのに。少しずつ不安にとらわれていく。私はシルヴィアに合図したかった。つぎの赤信号で降りよう、と。でも、ドアがロックされていたら？

「パリ地方に住んでるんです」とシルヴィアが言った。

彼女の穏やかな口調が私の不安を追い払った。ニールの妻はワイパーを作動させた。雨が降りはじめていたのだ。ワイパーの規則正しい動きのおかげで、私はようやく落ち着いてきた。

「マルヌ・ラ・コケットのほうですか？」とニールが言った。「わたしどもは、マルヌ・ラ・コケットに住んだことがあるんですよ」

「いえ、全然ちがいます」とシルヴィアが応える。「パリの東です。マルヌ河岸です」

その言葉を挑発のように口にして、シルヴィアは私に微笑んだ。彼女の手が、私の手のなかにそっと滑り込んできた。

「そちら方面はまったく存じませんな」とニールが言った。

「一風かわった魅力のあるところですよ」と私。

「正確に言うと、どのあたりですか」とニール。

「ラ・ヴァレンヌ・サン・チレールです」とシルヴィアがはっきりした声で応えた。

なぜ私たちはもっと自然な受け応えをしなかったのだろう？　なぜ嘘をつかねばならなかったのだろう？

「しかしそこへ戻るつもりはありません」と私は付け加えた。「ずっとコート・ダジュールにいたいですね」

「もっともでしょうな」とニールが言った。

ほっとした気分だった。シルヴィアと私は、あまりにながいあいだ人と話をしていなかったので、檻のなかをうろつくようにこの街をぐるぐるまわる羽目に陥ったのだ。もちろん、私たちはペスト患者などではなかった。誰かと話をしたおかげで、あたらしい関係を結ぶことができた、ということである。

車はカファレッリ通りに入った。私はニール夫人にペンション・サン・タンヌの門を示した。

「ホテルじゃありませんね」とニールが言った。

「ええ、家具付きのペンションです」

そう応えて後悔した。彼らに不信感を抱かせたかもしれない。家具付きのペンションに住んでいるような人間を好ましく思っていないだろうから。

「それでも住み心地は悪くないでしょう」とニールが言う。

いや、一見したところ、ニールにこの種の偏見はまったくないようだった。むしろ私たちにある共感を抱いていた。

「仮の宿なんです」とシルヴィアが言った。「べつの部屋が見つかればと思ってるんです」

車はペンション・サン・タンヌの前に停まっている。ニール夫人はエンジンを切っていた。

「じゃあ、ほかにお住まいを見つける手助けをいたしましょうか?」とニールがぼんやりした声で言う。「なあ、バーバラ?」

「もちろんですわ」とニール夫人が言った。「もう一度お会いしなければなりませんわね」

「住所をお教えしておきましょう」とニール。「お好きなときに電話してください」

彼はポケットから財布を出し、そこから名刺を抜いて私に差し出した。

「では……近いうちにまたお会いしましょう……」

ニール夫人がこちらを振りむいた。

「お近づきになれて、本当に嬉しかったですわ……」

心からそう思って言ってくれているのか？　それともたんなる社交辞令にすぎないのか？

彼らはふたりとも口をつぐみ、おなじ姿勢で顔を寄せ合ったまま私たちを見つめていた。

なんと言っていいのかわからなかった。シルヴィアもだ。私たちが車から降りなかったとしても、それはそれで当然だと思ったにちがいない。すべてが彼らにとってはどうでもいいことなのだ。こちらからどんな申し出をしても、受け入れてくれたことだろう。どうするかは、自分たちで決めなければならない。私はドアを開けた。

「では、いずれまた」と私は言った。「送っていただいて、ありがとうございました」

鉄柵を開ける前に、私は彼らのほうを振り返って、車のナンバープレートをちらっと読んでみた。《CD》の二文字が胸にずきんときた。外交官《コール・ディプロマティック》用の意味なのに、ほんの一瞬、そのプレートをパトカーのものと混同し、私たちは罠にはめられた、と思ったのだ。

「知人が貸してくれた車なんですよ」とニールが愉しげな口調で言った。

彼はウインドーを下げて顔を出し、私に微笑んでいた。ナンバープレートを見ていたこちらの表情に、彼は気づいたはずだ。鉄柵を押したが、動かなかった。把手を何度もまわしてみた。最後に肩で押してみると、門はがたんと開いた。

うしろ手に鉄柵を閉めると、シルヴィアと私はもう一度夫妻を振り返らずにいられなかった。彼らは車のなかでぴたりと身を寄せ合い、石と化したように動かなかった。

じとじとして、かびくさい部屋に戻ってきた。しばしば、こういう空虚な一日を終えて帰宅すると、私たちは湿気とかびのにおいが染み込んでくるような寂寥感を味わったものだ。スプリングと真鍮の支柱が軋むベッドのうえで、私たちはきつく抱き合った。そして、肌そのものにこのにおいが染み込んでいるにちがいないと思うようになった。シーツを買ってラヴェンダーの香りをつけてみたが、においは私たちを離れなかった。

だが、あの晩はすべてが異なっていた。ニースに来てはじめて、私たちを隔離し、じりじりと首を締めつけていた不思議な環を絶ち切ったのだ。あの部屋がとつぜんどうでもよくなった。もう空気を入れ換えるために窓を開ける必要もなく、ラヴェンダーの香りをつけたシーツにくるまる必要もなかった。私たちはにおいから逃れたのである。

窓ガラスに額を当てて、シルヴィアに隣へ来るよう合図した。庭の金網張りの囲いのむこうに、ニール夫妻の車がエンジンを切ったまま、まだ停車している。なにを言い合っているのだろう？　なにを待ち望んでいるのだろう？　あの動かない灰色の車が表わしているのは、脅しなのだろうか？　この先どうなるかお楽しみといったところだ。どうなろうと、私たちが陥っているこの虚脱状態に比べればましなのだから。

エンジンがかかった。なおかなりの時間が経ってから車は動きだし、カファレッリ通りとシェークスピア通りの角に消えた。

いまやそう確信している。ヴィルクールが現われたのは、あらためて夫妻に会う前のことだった。ようやく電話が通じて、再会の約束をするまでに、十日ほどかかってしまったからだ。

事件。ここでもやはり事件という言葉は不似合いだ。行く先でヴィルクールとすれちがうことくらい、予想しておくべきだったのである。

よく晴れた朝には、ふたりでアルザス・ロレーヌ公園に出かけて、滑り台とブランコの近くのベンチで新聞を読んだ。そこでは少なくとも誰の注意もひかなかった。昼食代わりにフランス通りのカフェでサンドイッチを食べてから、バスに乗ってシミエ地区か港まで出る。アレーヌ公園の芝生のうえかニースの旧市街を散歩して、午後五時頃、フランス通りで古本の推理小説を買う。ペンション・サン・タンヌへ戻ることを考えると気が滅入ってしまうので、私たちの足はいつもプロムナード・デ・ザングレへむかうのだった。

大きなガラス窓の枠のなかで、マッセナ美術館の公園の鉄柵と棕櫚の木々が、空にくっきり映えていた。澄みきった青い空、あるいは黄昏どきのばら色の空。棕櫚が少しずつ影になり、やがてプロムナード・デ・ザングレとリヴォリ通りの角の街灯が、それらに冷たい明かりを投げかけた。ホテルのホールを突っ切るのを避けるため、いまでも私はリヴォリ通り側の大きな木製のドアからバーへ入って行くことがある。そして、おなじようにガラス窓の前に腰を下ろす。あの晩、シルヴィアといっしょに座ったように。私たちは窓から目を離さなかった。明るい空と棕櫚の木々が、バーの薄暗がりと対照をなしていた。だが、一瞬ののちには、不安に、息づまるような感覚にとらわれるのだった。私たちは水槽のなかの囚われ人なのだ、ガラス越しに空や外の植物を眺めるのが精一杯で、自由な空気を吸うことなどけっしてできないだろうという感覚に。日が暮れ、ガラス窓が薄暗くなって、私はほっとしていた。それからバーの照明がすべて灯され、その強い光のもとで不安は消し飛んでいた。

私たちの背後の、ずっと奥のほうで、エレベーターの金属製のドアがゆっくりと開き、部屋から下りてきたホテルの客を吐き出していた。彼らはバーのテーブルに座った。そのたびに私は、ゆっくりと静かにドアが開いてべつの客が現われるのを、時計の仕掛けでも見守るように、じっと見つめていた。その規則正しさが私を安堵させてくれるからだ。

金属製のドアが開き、濃いグレーの背広を着た人影が現われた。すぐにわかった。いまエレベーターから出てきた男をごらんよ、と顎でシルヴィアに合図するまでもなかった。彼女にもその男が見えていたからだ。ヴィルクールだった。


ヴィルクールはこちらに背をむけてホテルのホールのほうへ歩いていた。バーの出口をまたげば、私たちの存在を気づかれる怖れはもうまったくない。私は小声でシルヴィアに伝えた。

「やつがそこにいる」

シルヴィアは平静を保っていた。こんなことがあるかもしれないと心のなかで準備していたようだ。もちろん、私もだが。

「本当にヴィルクールかどうか、確かめてくる……」

そんなことをしたってなんの役にも立たないとでもいうように、シルヴィアは肩をすくめてみせた。

私はホールを横切り、ガラス張りの入口のうしろに身を隠した。ヴィルクールはプロムナード・デ・ザングレとリヴォリ通りの角の歩道に立っていた。大きなレンタカーが待っているあたりだ。彼は運転手のひとりに話しかけていた。ポケットからなにかを取り出したが、それがなんなのか見分けることはできなかった。手帖？ 写真？ どこそこまで連れて行ってくれと、運転手に頼んでいるのだろうか？ それともあの狡猾そうな面がまえの運転手が私とシルヴィアをつきとめるのを期待して、ふたりの写真でも見せているのだろうか？

とにかく運転手はうなずいた。ヴィルクールは彼にチップを握らせてから赤信号の車道を渡り、プロムナード・デ・ザングレの左側を、アルベール一世公園にむかってのんびりした足取りで遠ざかって行った。


私はガンベッタ大通りの電話ボックスから、ネグレスコ・ホテルに電話をかけた。

「ヴィルクールさんをお願いします」

しばらくしてフロントが応えた。

「ヴィルクールと仰る方は、お泊まりになっておりませんが」

「そんなはずはありません……先ほどバーで見かけたばかりですよ……地味なグレーの背広を着た……」

「グレーの背広と申されましても、みなさまそういうものをお召しでございます」

私は電話を切った。

「ネグレスコにはいない」とシルヴィアに言った。

「ネグレスコにいようといまいと、どうでもいいわ」

ヴィルクールはフロントになにか指示を与えていたのだろうか？　それとも偽名を使っていたのだろうか？　相手の居場所がわからないまま、街角ごとにその存在を感じるのは、怖ろしいことだった。

私たちはル・フォールム館の隣のカフェへ夕食に出かけた。ヴィルクールなど自分たちにとってなんの脅威でもないかのように振る舞うことにしたのだ。かりに偶然出会って、彼が話しかけてきても、知らないふりをする。ふりをする？　いまの私たちが、かつてマルヌ河岸にたむろしていたあのジャンやシルヴィアとは別人だと納得していればそれでいい。現在の私たちと、かつての私たちには、なんの共通点もない。いや、むかしもいまもおなじだ、という証拠を、ヴィルクールは示すことができないだろう。そもそもヴィルクールと名乗る男じたい、なにものでもなかったのだ。

夕食後、私たちはすぐ部屋に戻らない口実を求めて、ル・フォールム館の中二階の席をふたつ取った。

赤い古ぼけたビロードが張られているホールの明かりが消え、ローカルな宣伝のパネルがどけられてスクリーンが現われる前に、案内嬢に合図してエスキモーのアイスをふたつ持ってきてくれと頼んだ。

だが映画館を出ると、あちこちにヴィルクールの存在が感じられた。それは部屋にこもったかびのにおいみたいに、けっして逃れられないものだった。私たちの皮膚に張りついてしまっていた。そういえば、シルヴィアはときどき、ヴィルクールを《しつこいロシア人》と呼んでいた。ヴィルクールは父親がロシア人だとうそぶいていたからだ。でたらめが、またひとつ。

私たちはガンベッタ大通りの左側の歩道をゆっくりのぼって行った。電話ボックスの前を通るとき、ニール夫妻に電話をしたくなった。これまでのところ、彼らの家に電話をかけても、なんの応答もなかった。タイミングが悪かったのか、夫妻がニースを留守にしていたかのどちらかだろう。電話が通じたら私はほとんど驚愕したにちがいない。それほど彼らは記憶のなかで謎めいて、ふわふわしていた……ニール夫妻は本当に存在していたのか？　それとも私たちの極度に孤独な状態が引き起こした幻影にすぎなかったのか？　とは言っても、親しげな声を耳にすれば私は力づけられただろうし、ニースでのヴィルクールの存在も、さほど重苦しくなくなっていただろう。

「なに考えてるの？」とシルヴィアが私に訊ねた。

「《しつこいロシア人》のことさ」

「放っておきましょうよ、ロシア人なんて……」

カファァレッリ通りのゆるやかな坂道。車は一台もない。物音もしない。大きな建物に挟まれて、一戸建ての邸宅がいくつかある。うち一軒は大きな庭に囲まれたフィレンツェ風だ。しかし鉄柵には、某不動産会社の名前で看板が掲げられ、近々取り壊されることが告げられていた。豪奢なアパルトマンが建てられることになっていて、すでに庭の奥で《モデルルーム》も見られた。風化した大理石の銘板にはこう読めた。《ヴィラ・ベゾブラーゾフ》。ロシア人が住んでいたのだ。私はシルヴィアにそれを示した。

「ヴィルクールの親戚だったのかな？」

「あのひとに訊いてみなくちゃ、わからないわ」

「ヴィルクール様のお父上が、おそらくお若い時分にベゾブラーゾフ家へお茶を召しあがりに来られたのでございましょう……」

こんな台詞を、侍従のような重々しい口調で言ってみた。シルヴィアは声をあげて笑った。

ペンションの客間には、まだ明かりが灯っていた。砂利の音を立てないよう、私たちはできるだけ静かに歩いた。部屋の窓を開け放しておいたので、湿った葉むらとスイカズラの香りが、かびのにおいに混じっていた。けれども、しだいにかびのにおいのほうが強くなっていった。

ダイヤモンドが、シルヴィアの肌のうえで月明かりにきらめいていた。彼女のやわらかい肌に比べると、それはなんと硬く、冷たいのだろう。華奢で心をゆさぶるこの肉体に比べると、なんと強固に見えることだろう……部屋のにおいよりも、私たちの周囲をうろつくヴィルクールよりも、薄闇に輝くこのダイヤモンドが、とつぜん私の目に、ふたりにのしかかる凶運の、顕著なしるしのように見えてくる。シルヴィアからダイヤモンドをはずしたかったが、私は彼女のうなじに、鎖の留め金を見つけることができなかった。

トラブルは、二日後、マッセナ広場のアーケードの下で起こった。アルベール一世公園から歩いて帰る途中、ヴィルクールに出くわしたのだ。彼は通信社から出てくるところだった。ホテルのバーで見かけた地味なグレーの背広を着ていた。私はすぐに顔をそむけ、シルヴィアの腕をつかんで引っぱった。

だが、ヴィルクールはあの土曜の午後の、かなりの数の通行人のなかから私たちを見つけだしていた。両目をかっと見開き、こちらを見すえたまま、あいだを隔てる人々を押しのけて近づいてきた。勢いあまって肘にはさんだ新聞を落としても、彼は拾いもしなかった。

シルヴィアのせいで、私は歩調をゆるめざるをえなかった。彼女はとても落ち着いているように見えた。

「ロシア人が怖いの?」

シルヴィアはつとめて笑みを浮かべていた。フランス通りに差しかかるところだった。ヴィルクールは私たちから十メートルあとを歩いていた。ピザ屋から出てくる団体観光客に足止めを食っていたからだ。そして、追いつかれてしまった。

「ジャン……シルヴィア……」

彼はさも親しげな調子で声をかけてきた。私たちは気にもとめずに歩きつづけたが、彼はすぐうしろにくっついてきた。

「話したくないってのか? そいつはひどいな……」

ヴィルクールは私の肩に手を置いた。きつく、ぎゅっと押さえつけられて、私は振り返った。シルヴィアもだ。ヴィルクールと向き合ったまま、私たちは身動きもしなかった。ヴィルクールは、私の目になにか不安にさせるものを読み取ったにちがいない。びくびくしながらこちらを見つめていたからだ。

できることなら、私はゴキブリのように彼を踏みつぶしてやりたかった。そうすれば、広々とした水面にあがってくる泳ぎ手のような気持ちを味わえただろう。

「なんだい……挨拶もしてくれないのか?」

そう、もし三人だけだったら、私はなんらかの方法でかならずやこの男を殺していたにちがいない。だが、土曜日の真昼間、このフランス通りの歩行者天国を過ぎゆく人の数は、ますます増えつつあった。ちょっとでもいざこざがあれば人だかりができてしまう。

「もうむかしの友人もわからなくなっちまったのか？」

シルヴィアと私は歩調をはやめていた。だがヴィルクールはあいかわらず追ってきた。ぴたりと張りついてきた。

「五分だけでいい、一杯やらないか……少し話をしようじゃないか……」

足をはやめたが、ヴィルクールはそのたびに私たちに追いつき、追い越し、行く手をさえぎろうとした。ボールをインターセプトしようとするサッカー選手のように、目の前に飛び出してくるのだ。ヴィルクールの薄ら笑いに、私は怒りを抑えられなくなっていた。

払いのけようとして出した手を振りすぎて、ヴィルクールの唇に肘を当ててしまった。血が出ていた。なにか取り返しのつかないことが起きたような気がした。すでに通行人は、顎から血を垂らしているヴィルクールのほうに振り返っていた。だが、彼はあいかわらず薄ら笑いを浮かべていた。

「そんなふうに逃げなくてもいいじゃないか……」

口調がさっきより攻撃的になっていた。私たちの前をぴょんぴょん飛び跳ねるようについてくる。

「いずれにしたって、片づけておかなきゃならない話があるだろう？　誰かほかの人間に頼んで解決してもらってもいいがね……」

こんどはヴィルクールも殴りかかる構えだった。私はまわりで輪になっている通行人の姿を想い浮かべていた。もうこの輪から抜け出しようがない。誰かが警察に通報し、護送車が脇道から飛び出してくる……たぶんそれがヴィルクールの狙いだろう。

私はふたたびヴィルクールを突き飛ばした。すると彼は、私たちのすぐわきを、おなじ速さでついてきた。顎の下から血がぽたぽたと垂れ落ちていた。

「三人で話をすべきだ……言いたいことがいくらもある、きみたちの損にはならないから……」

シルヴィアが私の腕をつかんでいた。ヴィルクールは離されかけたが、すぐ蛸のようにくっついてきた。

「ふたりだけでなにかするってわけにはいかないだろ……相手が目の前にいるのに……三人ですべてを解決しておくべきなんだ……でなければ、関係のないやつが口をはさむことになりかねないからな……」

ヴィルクールは私の手首をぎゅっとつかんでいた。気のおけない感じを出したかったのだろう。離れようとして、前腕でわき腹へ激しい一撃をくれてやった。彼はうめき声をあげた。

「街なかで騒いでもいいのか？《泥棒》って叫んでもかまわないのか？」

奇妙に引きつった笑いで、鼻がゆがんでいた。

「どこへ行こうとつきまとうからな……話し合うべきなんだ……それが他人に口出しさせないただひとつの手段なんだ……」

私たちは走り出した。不意をついたおかげでかなり引き離すことができた。追いかけながら、ヴィルクールは誰かを突き飛ばした。ふたりの男がすぐあいだに入って彼を難じはじめた。私たちはどこかの門に駆け込み、路地をひとつ、建物の中庭をひとつ抜けて、プロムナード・デ・ザングレに出た。


ガンベッタ大通りの電話ボックスで、私はまたニール夫妻の番号をまわした。ベルが鳴りつづけたが、誰も出なかった。シルヴィアと私はペンションに戻りたくなかった。ニール夫妻が家に招いてくれたらと私たちは期待していたのだ。そこならヴィルクールの手も届かないだろうから。

　けれども、しばらくして、陽光を浴びた歩道で海へむかう散策者の群れにまぎれていると、先ほどのトラブルなど取るに足りないことのような気がしてくるのだった。あれこれ気をつかう必要なんて、どこにもない。私たちもほかの人々と同様、この冬のやわらかな一日を満喫できる。ヴィルクールがどんなに頑張っても、私たちの新しい生活には介入できないだろう。ヴィルクールなど、過去の人間なのだ。

「でも、どうして目の前で飛び跳ねたりしたのかしら」とシルヴィアが言った。「普通じゃないみたいだったわ……」

「そうだな。まともには見えなかった」

　ヴィルクールの衰えは、私たちを追ってきたあの歩き方や、さしたる確信もなく発したあの脅し文句からも明らかだった。彼にはもう、あまり現実感がなくなっていたのだ。唇から吹き出し、顎にべったりとついていた血でさえも本物ではなく、映画の小道具のように見えた。あまりにたやすく逃れることができて、拍子抜けしたほどだ。

　私たちは、陽の当たるアルザス・ロレーヌ公園のベンチを選んだ。緑色の滑り台で遊んでいる子どもたち、砂場で遊んでいる子どもたち、シーソーの板にまたがって、上がっては下がり、下がっては上がりしている子どもたち。そのメトロノームのように規則正しい動きが、しまいに私たちを麻痺させてしまう。ヴィルクールがここを通ったとしても、子どもを見守っているすべての人々から、私たちを見分けられはしないだろう。そもそもこのなかで見つけられたとして、それがどうだというのか？　私たちはもう、淀んだ水から泥の臭気が立ちのぼってくるマルヌ河岸の、あやしげな景色のなかにいるのではなかった。あの日の午後、空はあまりに青かった。棕櫚はあまりに高く、建物の白いファサードは濃いばら色に染まっていた。ヴィルクールのような亡霊が抵抗しようにも、これら避暑地の色合いはあまりに強すぎたのだ。耐えられるはずもなく、ヴィルクールはミモザの香りがただよう大気のなかに、あとかたもなく消え失せてしまうだろう。

ときどき、ニール夫妻の住んでいたヴィラの前を通ることがある。ヴィラはシミエ大通りの右手、かつてのレジーナ・ホテルのファサードがそびえる四つ辻の、五十メートルほど手前にある。この界隈に残っているめずらしい、特殊な建造物のひとつだ。しかし、おそらくこれらの遺物にも、姿を消す番がやって来るだろう。発展を妨げるものはなにもないのだ。

このあいだの朝、シミエ地区のアレーヌ公園まで散歩した帰りに、そんなことを考えていた。ヴィラの前で、私は足を止めた。しばらく前から、荒れ果てた庭の一部でアパルトマンの建設がはじまっていた。ヴィラそのものも取り壊されてしまうのだろうか。それとも新しい建物に付属するものとして保存されるのだろうか。生き残る可能性もないことはないだろう。老朽化したところはどこにもなかったし、アーチ型のフランス窓には、三〇年代的な趣味を感じさせるプチ・トリアノン風のたたずまいがあった。

このヴィラは人目につきにくい。上部が大通りにせり出すように建っているからだ。全体の姿は、エドゥアール七世通りの角にあたる反対側の歩道に立ってはじめて、装飾用の欄干がある大きな塀のうえに見えてくる。塀の下の部分のちょうど真ん中が練鉄の柵で切り開かれ、それをくぐると、小高い斜面に設けられた石段がヴィラの玄関までつづいていた。

建設現場に近づけるよう、鉄柵はいつも開けられている。壁には白い看板がかかっていて、不動産会社の名前、建築家と請負業者の名前、それに建築許可の日付が読める。新しい建物はヴィラの名を受け継ぐことになっていた。《シャトー・アジュール》。家主はニースのトンデュチ・ド・レスカレーヌ通りにあるＳＥＦＩＣ社だ。

ある日、ＳＥＦＩＣ社が、シャトー・アジュールを誰から買い取ったのか知ろうと思って、社の住所まで出向いたことがある。提供してもらったいくつかの情報は、すでに知っているものばかりだった。とりわけ、ヴィラがアメリカ大使館の持ち家で、大使館がそれを個人に貸していたという情報は。私を迎えてくれた愛想のいいブロンドの不動産屋には、こちらの聞き方がまったくぶしつけに――そしていかがわしくさえ——思えるだろうとわかっていたから、それ以上突っ込んだりはしなかった。

そんなことをしてなんになるだろう？　ＳＥＦＩＣ社がシャトー・アジュールを入手して売り払うよりずっと前に、もっと詳しく調べてみようとしたことがある。しかし、トンデュチ・ド・レスカレーヌ通りのあの事務所でと同様、私の疑問ははっきりした回答を得られぬままになっていた。

かれこれ七年前には、ヴィラはまだいつものたたずまいを残していた。建設現場もなかったし、欄干のある大きな塀に看板もかけられていなかった。入口の鉄柵は閉じられ、歩道沿いには《ＣＤ》と文字の入ったナンバープレートの乗用車が停められていた。知り合った晩、ニール夫妻がシルヴィアと私をペンション・サン・タンヌへ送ってくれたのとおなじ車だ。ヴィラの鉄柵の呼鈴を鳴らすと、マリンブルーの背広を着た、四十がらみの、褐色の髪の男が現われた。

「なんでございましょう」

男はいきなり、パリ訛りで訊ねた。

「あの車が友人のものじゃないかと思いまして」灰色の乗用車を彼に示しながら私は言った。「その友人のことを、うかがいたかったんです」

「なんと仰る方ですか？」

「ニール、といいます」

「おまちがえのようですね、ムッシュー。あの車はコンデ・ジョーンズ様のものでございます」

男は鉄柵のむこうに立ち、細心の注意を払って私を観察しながら、危険なところがないかどうかを見きわめようとしていた。

「あの車がその方のものだというのは、確かなのでしょうか？」と私は彼に言った。

「もちろんですとも。私はコンデ・ジョーンズ様の運転手をしております」

「そう言われても、友人はここに住んでいたんですが……」

「思いちがいでございましょうね、ムッシュー……ここはアメリカ大使館の持ち家でございます……」

「しかし友人もアメリカ人でした……」

「この家にはアメリカ領事のコンデ・ジョーンズ様が住んでおいでです……」

「いつからですか？」

「半年前からでございます、ムッシュー」

運転手は、鉄柵のむこうから、こいつの頭はどうかしているのではないかというように私を見つめていた。

「その方にお会いできるでしょうか？」

「ご面会のお約束はなさいましたか？」

「いいえ。ですが私はアメリカ市民です。領事のアドバイスが必要なんです」

アメリカ人だと言ったとたん、運転手は私を信用してくれた。

「そういうことでございましたら、すぐにでもお目にかかれますとも。面会に当てておられるお時間ですから」

運転手は鉄柵を開け、アメリカ市民権に由来するありとあらゆる敬意を払って脇に身を移し、私を通してくれた。そして、私を導きながら階段をのぼった。

家の前のひと気のないプールサイドで、男がひとり、白木の肘掛け椅子に腰を下ろし、弱々しい日の光にさらすかのように頭を軽くうしろに傾けて煙草を吸っていた。

男の耳に、私たちの足音は聞こえていなかった。

「コンデ・ジョーンズ様……」

男は視線をこちらに下ろし、注意深い笑みを浮かべた。

「コンデ・ジョーンズ様、こちらの方がご面会なさりたいそうです……アメリカの方でございます」

すると彼は立ちあがった。小柄で恰幅がよく、黒い髪をオールバックにして、口髭を生やしている。大きな青い目をしていた。

「なにをしてさしあげられますかな？」

彼はまったく訛りのないフランス語で訊ねた。そのやさしい声に私は励まされた。コンデ・ジョーンズが用いた表現はたんなる儀礼ではなく、他者に対する繊細な心づかいを示していた。少なくとも彼の口調から私が感じたのはそういうことだ。そもそも《なにをしてさしあげられますかな？》とひとから問われたことなど、久しくなかった。

「ちょっとした情報が欲しかっただけなんです」と私は早口に言った。

運転手はその場をはずしていた。こんなプールサイドにいるのが、奇妙に思えた。

「どういうたぐいの情報でしょう？」

彼は好意をもって私を見つめていた。

「あなたにお会いするために嘘をつきました……アメリカ国籍だと言ったんです……」

「アメリカ人であろうとなかろうと、かまいませんよ……」

「そう言っていただけるなら」と私は彼に言った。「あなたの前にこのヴィラに住んでいた方々に関する情報が欲しかったんです」

「わたしの前に?」

彼は横をむいて、大きな声で呼んだ。

「ポール……」

すぐさま、近くの木か塀のうしろにでも隠れていたかのように運転手が現われた。

「飲み物を持ってきてくれないかね」

「かしこまりました、領事様」

コンデ・ジョーンズは白木の肘掛け椅子のひとつに座るよう私をうながした。彼は私の横に腰を下ろした。運転手が戻ってきて、乳色の液体に満たされたコップがふたつ載ったトレーを、私たちの足もとに置いた。パスティスだろうか? コンデ・ジョーンズはひと息にそれを飲み干した。

「うかがいましょう……なんなりとお話しください」

彼は話し相手がいて満足のようだった。ニースの領事のポストといっても暇を持てあますばかりで、それを埋めなければならなかったのだろう。

「よくここに来ていたんです、しばらく前のことですが……この家の持ち主だと名乗る、ある夫婦に招かれまして……」

むろん、すべてを話してしまうわけにはいかなかった。シルヴィアの存在は彼に伏せておくことにしていた。

「それで、そのご夫婦のお名前は？」

「ニールと言います……夫がアメリカ人で妻のほうはイギリス人でした……下に停められているあなたの車を使っていました」

「あれはわたしの車ではありませんよ」コンデ・ジョーンズはひと息にパスティスをあけてから私に言った。「着任したとき、あの車はもうそこにありました……」


ところがほどなくすると、ヴィラの前に駐車してあった車がなくなっていたのだ。シミエ地区へあがっていくたびに、あの車が歩道のわきに停められていないかと期待したものだ。いや、ある午後のこと、はっきりさせておきたくて、呼鈴を鳴らしたことがある。しかし誰も応答しなかった。それで、コンデ・ジョーンズはあの外交官用の灰色の車でこの公邸を出ていき、シャトー・アジュールには代わりの領事がまだきていないのだ、と考えたのである。欄干のある塀にＳＥＦＩＣ不動産の看板が張り出され、ヴィラはすでにアメリカ大使館の手を離れており、建物じたいも近々すっかり取り壊されると告示されたのは、そのあとのことだ。

最後にコンデ・ジョーンズに会ったのは、四月の、ある午後の終わりのことだった。住所を残してきたら親切にも簡単な招待状を送ってくれ、シャトー・アジュールに関する情報はすべてあなたのために揃えてあります、きっとご興味を持たれるでしょうと書いてくれたのである。

コンデ・ジョーンズは、はじめて会った日とおなじ場所に座っていた。底一面に枯れ葉と松ぼっくりが散っている、がらんとしたプールサイドだ。そもそも──いくらか卑下しながら本人自身がそう言っていたように──《着任》以来、彼はそこをずっと動かずにいたのではないだろうか。《領事》の肩書を誇りえたとしても、ニースにおける彼の《職務》はきわめて曖昧なものだったからである。このポストが閑職であり、退官の日を見込んで左遷されたのだということを、彼は承知していた。

そんなわけで、勇退の日がやって来たわけだ。コンデ・ジョーンズは、フランスのアメリカ大使館に二十年以上のあいだ忠実に奉仕し、いよいよ本国へ帰るところだった。興味をそそる情報を私に伝えるため、しかし同時に──彼はしばしば俗な表現をわずかに変形させて使っていたのだが──《別れの一杯》を交わすために、その日に来てくれるよう望んだのである。

「明日発ちます」とコンデ・ジョーンズは言った。「フロリダの住所をお教えしておきましょう。旅行でもなさることがおありでしたら、喜んでお迎えいたしますよ」

ヴィラの鉄柵の呼鈴を鳴らした日から三度か四度会っただけなのに、彼は私に好意を抱いてくれていた。だが、たぶん私は領事の外交的孤独を断ち切る、たったひとりの人間だったのだろう。

「コート・ダジュールを去るのは名残り惜しいですな……」

彼はがらんとしたプールとユーカリのにおいのする打ち棄てられた庭に、もの思わしげな視線を投げた。

運転手が私たちに食前酒を出してくれた。コンデ・ジョーンズと私は、隣り合って座っていた。

「あなたのために、できるかぎりの情報は入手しておきました……」

彼は大きな青い封筒を私に差し出した。

「パリの大使館に問い合わせねばなりませんでしたがね……」

「こんなにしていただいて、感謝のしようもありません」

「いや、とんでもない……その書類はたいへん参考になると思いましたよ……よく注意してお読みになってください……読んだだけのことはあります……」

私は膝のうえに封筒を置いた。コンデ・ジョーンズは皮肉な笑みをこちらに投げた。

「お友だちのお名前は、ニールと仰いましたね?」

「ええ」

「おいくつくらいの方ですか?」

「四十歳くらいです」

「それなら思ったとおりだ……じつはですね……」

彼は言葉を探していた。フランス語に非の打ちどころはなかったが、ときおり——おそらく外交官としての習慣からだろう——最も正確な言葉を口にしようとして言いよどむことがあった。

「幽霊にまつわる話なのです……」

「幽霊ですって?」

「そう、そういうことでしてね。読んでいただければ、おわかりになるでしょう」

礼儀上、彼のいる前で封筒を開けたくなかった。黄昏の最後の光に浸された目の前の庭を見つめながら、彼はパスティスをちびちびと飲んでいた。

「アメリカじゃ退屈するでしょうな……この家には愛着を覚えていました……その書類を信ずるならじつにもって奇妙な家ですが……しかしながら、私の在任中には疑わしい噂などこれっぽっちも耳にしませんでしたよ……夜中に幽霊など見たことはありませんしね……お恥ずかしい話、私はぐっすり眠ってしまうほうでして……」

コンデ・ジョーンズは親しげに私の腕をたたいた。

「コート・ダジュールのこういう古い家々の神秘を探ろうとなさるのも、なかなか乙じゃないですか……」


封筒には、おなじく青色の、アメリカ大使館のレター・ヘッドのある紙が二枚入っていた。収集された情報はオレンジ色の活字でタイプされており、内容は以下のとおりだった。シミエ大通りのシャトー・アジュールは、三〇年代、アメリカ国籍のＥ・ヴァージル・ニールなる人物の持ち家だった。ニールは、化粧品・香水メーカー「トカロン」を所有し、パリのオベール通り七番地、ラ・ポンプ通り一八三番地、そしてニューヨーク西二〇番街二七番地に事務所をかまえていた。ドイツ占領下の初期、一九四〇年にニールはアメリカへ戻ったが、妻はフランスに残っていた。《ヴァージル・ニール夫人はボディエ出身、フランス国籍であることを証明して夫の事業を取り仕切り、合衆国の参戦後、化粧品・香水メーカー「トカロン」の、ドイツ当局による暫定的な経営措置を免れた》。

事態が錯綜するのは、一九四四年九月、以下のような事実からだった。《ヴァージル・ニール夫人はドイツ占領下、パリ及びコート・ダジュールにおいて、姓ラッド、名をアンドレと名乗る人物ときわめて親密な関係を結んでいる。アンドレ・ラッドは一九一六年六月三十日生まれ、確認されている最終居住地はパリ第八区、ジョルジュ五世通り五三番地。一九四八年三月二十一日、欠席裁判により、敵との内通のかどで二十年の強制労働及び二十年の居住制限、全財産の没収と国籍剝奪の刑を命じられている》。

大使館の報告書には、一九四四年九月、《ヴァージル・ニール夫人の親友アンドレ・ラッドに関し、フランス司法当局の手でおこなわれた調査に従い……》、ヴィラ・シャトー・アジュールは供託財産とされた、とあった。ヴィラはアメリカ軍に徴収され、一九四八年七月、協定が成立。その文言はこうだ。《化粧品・香水メーカー「トカロン」社支配人ヴァージル・ニール氏は、フランスのアメリカ大使館にその所有地ヴィラ・シャトー・アジュールを譲渡するものとする》。

《ヴァージル・ニール夫妻に子どもはなかった》と明記されていた。コンデ・ジョーンズはこの一節に緑のインクで下線を引き、余白にこう書きつけている。《ふたつにひとつ。あなたのお知り合いが幽霊であるか、あるいはヴァージル・ニール夫妻が化粧品・香水メーカー「トカロン」の研究所で製造された不老長寿の秘薬を所有しているかのどちらかです。謎の鍵を明かして下さるのを期待しつつ。友情をこめて》。

けれども夢を見たのではなかった。彼はたしかにヴァージル・ニールという名前だったのだ。はじめて会ったときに彼からもらった名刺が残っている。そこには彼の手でヴィラの電話番号が書かれていた。私はガンベッタ大通りの電話ボックスでポケットからこの名刺を取り出し、番号をまわしたのだ。住所こそ記されていなかったが、名刺には——今日の夜、もう一度確認した——、ムッシュー&マダム・ヴァージル・ニールとはっきり刻まれていた。

ニール夫妻——だが彼らの名字はニールだったのだろうか、そしてコンデ・ジョーンズが示唆するように、幽霊や不老長寿の秘薬を信じろというのだろうか？——、そのニール夫妻と私たちが出会った証拠、夢を見たのではないと確信できる遺留品といえば、この名刺と、プロムナード・デ・ザングレでよく見かける、観光客目あての流しの写真屋が撮った、私たち四人——シルヴィアに私、それにニール夫妻——の写真が一枚あるきりだ。

かつてのパレ・ド・ラ・メディテラネの前を通るたびに、私はいまでもその写真屋とすれちがう。そこで客を物色しているからだ。挨拶はしても、彼は私にカメラをむけたりしない。私はもう観光客ではなく、いまやこの街に溶け込んでしまうほど風景の一部となっているのだ。彼はそう感じているにちがいない。

写真屋が私たち四人の写真を撮った日、シルヴィアもニール夫妻もそれに気づいていなかった。写真屋は、私の手にチラシを握らせていた。三日後、シルヴィアに黙って、フランス通りの小さな店へ写真を受け取りに行った。私はいつもこの手の写真、後々にまで残る幸福だったはかないひとときの、晴れた午後の散歩の痕跡を受け取りに行く……そう、カメラを斜めさげにしてスナップ写真のなかに人々を固定しようとするあの見張り番たちを、街なかをパトロールするあれらすべての記憶の管理人たちを、粗雑に扱ってはならない。よくわかるのだ。自分も写真家のはしくれだったから。

ニール夫妻と私たちの関係を、詳しく記しておきたい。警察の調書を起草するみたいに、もしくは私を好意的に扱い、ことをいま少し明瞭に眺められるようにと、どこか父親的な気配りが感じられる検査官の尋問に応えるみたいに。

私はそのヴァージル・ニールという人物を、ヴィルクールがふたたび現われた次の週に電話でつかまえたはずだ。言葉どおり記せば、こちらから連絡があって、彼は《大変に嬉しい》と言っていた。妻とわたしは《思いがけない仕事で旅行に出て》、十日ほど留守にしておりました。できれば早速、明日にでもあなたがたと昼食を共にできたら《じつに喜ばしい》と。ニールはレストランの住所を教えてくれた。十二時半頃、その場で落ち合うことになった。

城山のすぐ下、ポンシェット通りにある、ガーネット色をした漆喰のファサードのイタリア料理店。シルヴィアと私は先に到着し、ニール氏が予約した四人掛けのテーブルに通された。ほかに客は誰もいない。クリスタルガラス。白い艶のあるテーブルクロス。壁にはガルディ調の絵が数枚。練鉄の格子窓。巨大な暖炉。暖炉の奥には百合の花の楯型紋が彫り込まれていた。目立たないよう設置されたスピーカーから、オーケストラの演奏する有名なシャンソンのリフレーンが流れていた。

シルヴィアは私とおなじ不安を感じていたと思う。昼食に招いてくれたこのふたりについて、私たちはなにも知らなかった。ニールはなぜあれほど熱心に再会を望んだのだろうか？　初対面のときから相手を下の名前で呼び、自分の子どもの写真を見せたりするアメリカ人がいるけれど、ああいう熱のこもった親愛のなせるわざだと考えるべきなのだろうか？

ニール夫妻は、遅れて申し訳ないと詫びながらやって来た。ニールは先日の夜とは別人になっていた。もうあのふわふわした感じはなかった。髭は剃りたてで、とてもゆったりとした仕立てのツイードのベストを着ている。言いよどむこともなく、アングロサクソン訛りを漏らすこともなく喋っていた。そしてこの饒舌こそ——記憶力がよければの話だが——私に疑念を抱かせた最初のことがらだった。アメリカ人にしてはその能弁ぶりが奇妙に思われたのだ。いくつかの隠語や気取った言いまわしに、パリ訛りと南仏訛りが混じるのを私は聞き逃さなかった。だがそれは、ニールがむかしから隠そうとしていたかのように、抑制され、締めつけられた訛りだった。妻のほうは夫ほど口をきかず、先日驚かされた、あの夢見るような、いくらかぼんやりした様子をしている。彼女のイントネーションも、イギリス人女性のものではなかった。私は問わずにいられなかった。

「流暢なフランス語を話されますね。フランス人だといってもわかりませんよ……」

「フランス語を使う学校で教育を受けたんです」とニールは私に言った。「少年時代をずっとモナコで過ごしましてね……女房もそうです……モナコで知り合ったんです……」

妻はこくりとうなずいた。

「で、あなたは?」とニールがだしぬけに訊いてきた。「パリではどんなお仕事をされていたんですか?」

「芸術写真を撮ってました」

「芸術?」

「ええ。ニースに腰を落ち着けて仕事をするつもりでいます」

芸術写真家という職業がどういうものか、彼はじっと考えているようだった。それから私に言った。

「あなたがたは、結婚しておられるのですか?」

「ええ……結婚してます」シルヴィアをじっと見つめながら私は応えた。だが、こんな嘘にニールは動じたりしなかった。

　ひとからあれこれ訊かれるのを、私はあまり好まない。それに、彼らについてもっと詳しいことを知りたかった。ニールの疑念をそらすために、私は彼の妻のほうをむいた。

「それで、ご旅行は楽しかったですか？」

　彼女は困惑して、返答をためらっていた。しかし、ニールはみごとにくつろいでつづけた。

「ええ……仕事がらみの旅行ですがね……」

「どんなお仕事ですか？」

　私がこうもぶしつけにたたみかけてくるとは、相手も予期していなかった。

「まあその……香水を扱ってるんですよ。英仏合弁で事業を興すつもりでしてね……グラースの小さな実業家とは合意に達しました……」

「その仕事をされて、もうながいのですか？」

「いや……まあ……暇なときだけですがね……」

　ニールはその台詞をいくらか高慢な口調で言った。自分は食うために働く必要はないのだと、私にわからせようというかのように。

「化粧品もいくらか手がけるつもりです……バーバラがすっかりその気になってましてね……」

ニールの妻は、またいつもの微笑を浮かべていた。

「そうなんです。化粧品のことならなんでも関心がありますのよ」と彼女は夢見るように言った。「香水のほうはニールに任せて、このコート・ダジュールでエステティック・サロンを立ちあげたいと思ってるんです……」

「場所を決めかねておりましてね……」とニールが言った。「わたしは断然モナコのほうがいいと思うんですが……その種の店がニースでうまく行くとは思われませんし……」

こんなやりとりを思い出すと、私は取り乱してしまう。のちにコンデ・ジョーンズが渡してくれた情報カードを、この段階でもう好きに使うことができていれば、と悔まれてならないのだ。ひどく甘ったるい声でこう言ってやったら、ニールはどんな顔をしたことか。

「つまり、あなたはトカロン社を建てなおすつもりなんですね?」と。

顔を近づけて、「あなたは第二次大戦前のヴァージル・ニール氏と同一人物なんですか?」と。

シルヴィアには、ダイヤモンドを口にふくみ、ハッカ入りのキャンディーをなめるように唇でくわえる癖があった。彼女の正面に座っていたニールが、そのしぐさを見逃すはずはなかった。

「気をつけてください……溶けてしまいますよ……」

しかしニールはただ冗談を言っているわけではなかった。シルヴィアが唇の力を抜いて、ダイヤモンドが黒いジャージー織りのセーターに落ちかかる瞬間、宝石をじっと見つめるニールの注意深い眼差しに私は気づいた。

「立派な宝石をお持ちですね」彼は微笑みながら言った。「そうだろ、バーバラ?」

こんどは妻が顔をこちらに向けて、宝石を見つめた。

「本物ですの?」と彼女は子どものような声で訊ねた。

シルヴィアと私の目があった。

「ええ、不幸なことに、本物です」と私は言った。

ニールはこの返答に驚いたようだった。

「確かですか？　たいへんな大きさですが」

「義母が妻にくれた家宝なんです」と私はつづけた。「しかし、私たちにはむしろ厄介なものでしてね」

「鑑定はしてもらいましたか？」ニールはもの知りたげな、だが礼節をわきまえた口調で訊ねた。

「ええ、もちろん……鑑定書類でしたらこのダイヤモンドはこと欠きませんよ。通称を《南十字星》と言って……」

「それなら身につけたりするべきではありませんな」とニールが言った。「もし本物ということであれば……」

どうやらニールは私の話を信じていないようだった。そもそも誰が信じてくれたろう？　これほど大きく、これほど純度の高いダイヤモンドを、これほどぞんざいに身につけたりするはずがないし、唇にくわえて黒いセーターに落としたりするわけがない。ましてなめたりする者など、いるわけがないのだ。

「妻がこのダイヤモンドを身につけているのは、ほかに解決策がないからなんです」

ニールは眉をひそめていた。

「どうするべきでしょう？　銀行で金庫でも借りるべきでしょうか？」と私は言った。

「これを首から下げていると、誰もが模造品《ビュルマ》だと思うらしいんです……」とシルヴィアが口をはさんだ。

「《ビュルマ》ですって?」

ニールには、この俗な言いまわしが理解できなかった。

「売り払えればいいんですが」と私は言った。「ただ、これほどの宝石の買い手を見つけるとなると、じつに骨の折れることで……」

ニールはなにかを考えているようだった。そして、ダイヤモンドから目を離さなかった。

「私なら買い手を見つけて差しあげられますよ。しかしまず鑑定してもらわねばなりませんね」

私は肩をすくめた。

「買い手を見つけてくださるというのはたいへんありがたいお話ですが、そう簡単にいかないんじゃないでしょうか……」

「私なら見つけて差しあげられますよ……しかし鑑定書類を見せていただきませんとね」とニールは言った。

「まだこれが《ビュルマ》だと思ってらっしゃるみたいですね」とシルヴィアが言った。

私たちはレストランを出た。車は合衆国埠頭に停めてあった。埠頭沿いのベンチで、老人たちがきつく寄り添うように日向ぼっこをしていたが、とても寒そうだった。私は外交官用のナンバープレートを認めた。ニールがドアを開けてくれた。

「うちでコーヒーでも飲んで行ってください」と彼は言った。

彼らを置き去りにしてしまいたかった。いったいどんな手助けをしてくれるというのだろう。だしぬけに、そんな疑問が頭をかすめた。いや、ここは物事を良心的に見なければ。たんなる気持ちの揺れだけで彼らとの関係を断ち切ってはならない。ニール夫妻は、この街で知り合った唯一の人間なのだ。

最初のときのように、シルヴィアと私は後部座席に座った。シミエ大通りに、ニールはのろのろと車を走らせた。後続のドライバーたちが、道を開けろとクラクションを鳴らした。

「どうかしてるな」とニールが言った。「はやく走ることばかり考えてる」

そんなドライバーのひとりが、追い越しのときたっぷりと暴言を吐いていった。

「外交官用のナンバープレートが癪に触るんですよ。仕事に遅れないよう、急がなければならないでしょうしね……」

ニールがこちらを振り向いた。

「ところで、あなたは？　会社勤めの経験はおありですか？」

車は欄干のある塀のあたりに停車した。ニールが腕を伸ばして言った。

「家は、あのうえです。こうしてあたりを見下ろしているわけですな……おわかりになりますよ……じつにすばらしい家ですから……」

鉄柵に《シャトー・アジュール》と記された大理石の銘板があるのに私は気づいた。

「この名前を付けたのは、父親なんです」とニールが言った。「父が戦前にこの家を建てましてね……」

ニールの父親？　彼に父親がいると知って、むしろ私はほっとした。

ニールは鍵をがちゃりとまわして鉄柵を閉めた。それを待って階段をのぼると、シミエ大通りに迫りだしている庭に出た。トリアノン風のたたずまいがあるこの邸宅は、私には豪勢に見えた。

「バーバラ、ちょっとコーヒーを頼むよ」

これだけの環境で給仕頭がいないとは驚きだったが、おそらくシンプルであろうとするアメリカ的な慣習と釣り合わなかったのだろう。金持ちだといっても、ニール夫妻にはいくらかボヘミアン的なところがあった。コーヒーは、夫人が自分で用意してくれた。そう、ボヘミアン。だが裕福なボヘミアン。少なくとも私はそう信じたかった。

私たちは白木の椅子に腰を下ろした。一年後にコンデ・ジョーンズが私を迎えてくれたとき、おなじ場所に見出すことになる椅子だ。ただし、目の前のプールは空っぽではなかった。

青緑色の水面に、枝や枯れ葉が浮いている。ニールは石をひとつ拾いあげて、水を切るように投げた。

「プールを空にして、庭を掃除しなければなりませんな」と彼は言った。

庭は荒れ果てていた。藪が砂利を敷きつめた小径をふさぎ、小径は雑草で覆われている。もう草原のようにしか見えない芝生のへりには、真ん中に亀裂の入った受水盤が立っていた。

「父がこれを見たら納得いかないでしょうが、わたしにはこの庭の手入れをする余裕がありませんのでね……」

ニールの声には、誠実でもの哀しい響きがあった。

「父の時代には、なにもかもちがっておりました。ニースもいまのような都市じゃなかったんです……街なかの警官が、コルクでできた植民地風のヘルメットをかぶっていたのを、ご存知ですか？」

ニールの妻がタイル張りの床にトレーを置いた。彼女はドレスをブルージーンズに着替えていた。カップにコーヒーを注ぎ、優雅な手つきでひとりひとりに差し出した。

「お父様はいまでもここに住んでおられるのですか？」

「父は亡くなりました」

「これは失礼しました……」

気まずさを打ち消すように、ニールは笑みを浮かべていた。

「この家を売らなければならないのですが……ふんぎりがつきませんでね……子どもの頃の思い出が一杯つまってるんですよ……とくにこの庭には……」

シルヴィアがのんびりした足取りで家に近づき、大きなフランス窓のひとつに顔をくっつけている。シルヴィアを見つめるニールの顔は、彼女になにか疑わしいものを見つけられはしないかと恐れているかのように、いくらか引きつっていた。

「家のほうは、掃除が終わったらご案内することにいたしましょう……」

ニールは威圧的な、強い口調でそう言った。シルヴィアが半開きのフランス窓を押して、なかに入るのを妨ぎたかったのだろう。

ニールはシルヴィアのほうへ歩いて行き、肩を腕で押すように彼女を連れ戻してきた。両親がぼんやりしている隙に、砂山から遠く離れてしまった女の子を連れ戻したみたいだった。

「この家には全面的に手を入れねばならんでしょうな……いますぐご案内するわけには参りませんよ……」

ニールは、シルヴィアがフランス窓から離れたところにいるのを見て、ほっとしたようだった。

「ここで過ごすことは、ほとんどないんですよ……せいぜい年に一、二度ですかね……」

今度は私が家に近づいて、ニールがどんな態度を示すか見てみたくなってきた。彼は私の行く手をさえぎるだろうか？　そうなったらニールの耳もとに身を寄せてこうささやいてやろう――

「この家になにか隠しておられるようですね……たとえば死体とか？」

「父は二十年前に亡くなりました」とニールはつづけた。「父の存命中はすべてが怠りなく運んでいましたよ……家と庭の手入れは、非の打ちどころがなかった……庭師がまた、たいした男でしてね……」

ニールは藪と雑草に覆われた小径を指差して、肩をすくめた。

「今後は、いままでよりながくニースで過ごすことになるでしょう……ことに例のエステティック・サロンとやらを立ちあげましたらね……そうしたら、すべてを整備しなおします……」

「でも、ここにいらっしゃらないあいだは、どこに住んでおられるのですか？」とシルヴィアが訊ねた。

「ロンドンかニューヨークです」とニールが応えた。「妻がロンドンのケンジントン界隈に、こぢんまりした、とても美しい家を持ってるんですよ」

妻のほうは煙草をくゆらせ、夫の話を気にも留めていないようだった。

私たちはプールサイドで半円形を描いている白木の肘掛け椅子に座り、めいめい椅子の左手にコーヒーカップをたずさえていた。そのシンメトリーが、四人のコーヒーカップだけのせいではないことに気づいて、私はなんとなく不快になった。バーバラ・ニールの洗いざらしのブルージーンズが、形といい色といい、シルヴィアのものとそっくりだったのだ。しかも互いにおなじ、もの憂げな姿勢をとっていたとき、ふたりがおなじように腰のくびれの目立つ、細いウエストの持ち主だということを私は認めたのである。腰まわりとウエストを見ただけでは、どちらがどちらだか区別できなかっただろう。私はコーヒーをひと口すすった。ニールが私と同時にカップを口に運んだ。私たち四人は、寸分たがわぬしぐさで肘掛け椅子の腕にカップを下ろした。

あの日の午後、もう一度《南十字星》の話が持ちあがった。ニールがシルヴィアに訊ねたのだ。

「それで、あなたは本当にダイヤモンドを処分なさりたいのですね？」

ニールはシルヴィアのほうに身をかがめ、親指と人差し指で宝石をつまんで吟味してから、彼女の黒いセーターのうえにそっと戻した。アメリカ人によくある、無遠慮な振る舞い方なのだろうと私は思った。シルヴィアはぴくりとも動かず、ニールのしぐさなど無視するかのように、あらぬほうを眺めていた。

「ええ、売りたいと思ってます」と私は応えた。

「本物の宝石であれば、なんの問題もありませんよ」

ニールが本気で話しているのは、はっきり見て取れた。

「ご心配には及びません」と私は尊大な口調で言った。「正真正銘のダイヤモンドです。だからこそ気がかりなんです……これほど大きなダイヤを持っているつもりはありませんから……」

「母は私が結婚するときにこれをくれたのですが、売り払いなさいと言ってくれました」とシルヴィアがつづけた。「ダイヤが不幸をもたらすと母は考えていたんです……母は、自分の手で売ろうとしました。でも、適当な買い手が見つからなくて……」

「いくらでお売りになるおつもりですか?」とニールが訊ねた。

そのぶしつけな質問を彼は後悔したようだった。つとめて笑みを浮かべて見せた。

「いや失礼……これはぶしつけでしたな……父のせいでしてね……ずいぶん若い頃に、父は、さるアメリカの宝石商の共同経営者だったんです。宝石の趣味は、父親譲りなんですよ……」

「百五十万フランで手放すつもりです」素っ気ない声で私は言った。「このくらいのダイヤモンドとしては、しごく穏当な値段です。じっさいにはその倍の値打ちがあります」

「買い手を見つけてくれるよう、モンテ・カルロの《ヴァンクリフ》に預けておくつもりでした」とシルヴィアが言う。

「《ヴァンクリフ》ですって?」ニールが聞き返した。

堂々として、そう言えばすべてが片づいてしまうような輝きのあるこの言葉が、ニールを夢見心地にした。

「綱みたいにそれをいつも首につけておくわけには参りませんから」とシルヴィアが言った。

バーバラ・ニールが小さく、だが辛辣に笑った。

「もちろんですわ……仰るとおりよ」と彼女は言った。「街なかでひったくりにあうかもしれませんしね」

ニールの妻は真剣なのか、それとも私たちを馬鹿にしているのか？

「何人か買い手を見つけて差しあげられるでしょう」とニールが言った。「そのダイヤを買いそうなアメリカ人にいくらか心あたりがあるんです。なあ、そうだろ？」

ニールは幾人かの名前を挙げてみせた。妻はうなずき、同意した。

「それで、その方々はいま申しあげた値で買って下さるとお考えですか？」と私はひどく甘い声で言ってみた。

「もちろんですとも」

「なにかお飲みになります？」とバーバラ・ニールが訊ねた。

私はシルヴィアをちらりと見た。退散したかったのだ。だがシルヴィアは、この陽差しを浴びた庭で肘掛け椅子の背に首をもたせかけ、目を閉じて、くつろいでいるようだった。

バーバラ・ニールは建物のほうへ歩いて行った。ニールはシルヴィアを指差して、小声で言った。

「おやすみ中でしょうかね?」

「そう思います」

ニールは私に身を寄せ、さらに低い声で言った。

「ダイヤモンドの件ですが……本物だと証明してくだされば、私自身があなたから買い取ろうと考えているんです……」

「本物ですよ」

「結婚十周年の、バーバラへの贈り物にしようと思いましてね」

ニールは私の眼を見て、信用されていないと悟ったようだった。

「ご安心ください……まちがいなくお支払いできますから……」

彼は私の腕をきつく握った。自分の話に耳を傾けるべきだとわからせるために。

「この点については、私にはなんの手柄もないんです。私が味わった苦労といえば、この世に生をうけて、父親から莫大な財産を相続したことだけでしてね……公平ではありませんが、そんなものですよ……もう信用してくださいましたか？　私を真面目な買い手と見なしていただけますかな？」

ニールは大声で笑った。いまの話の攻撃的な口調を忘れて欲しかったのだろう。

「われわれのあいだには、どんな遠慮があってもいけませんからね……手付け金はお払いできますよ……」


車でお送りしましょうとニールは言ってくれたが、歩いて帰るほうがいいと私は彼に答えた。シミエ大通りの歩道で顔をあげると、まだふたりとも庭の手すりにもたれてこちらを見ていた。ニールが腕をあげて、私に合図した。翌日、電話で会う約束をすることになっていたのだ。しばらく歩いてから、私はもう一度振り返った。彼らはあいかわらず手すりに肘をついて、じっと動かずにいた。

「ニールは奥さんへの贈り物にダイヤモンドを買いたいらしいよ」と私はシルヴィアに言った。

そう聞かされても、シルヴィアに驚いた様子はなかった。

「いくらで?」

「こちらの言い値さ。あのふたりが本当に金を持ってると思うかい?」

燦々《さんさん》と照りつける太陽のもと、私たちはシミエ大通りをゆっくり下って行った。私はコートを脱いでいた。いまが冬で、まもなく日も暮れるとわかっていたが、そのときは七月の陽気だと言ってもいいくらいだったのだ。そんな季節の混乱、まばらに通る車、いつもの陽射し、そして、歩道や壁にくっきり浮かぶ影……

私はシルヴィアの手首をつかんだ。

「夢のなかにいるような気がしないか?」

シルヴィアは私に微笑んでいたが、眼には不安の色が浮かんでいた。

「いつかは目が覚めるとでも思ってるの?」と彼女は私に言った。

私たちはかつてのマジェスティック・ホテルの湾曲したファサードが突き出している大通りの角まで黙って歩き、デュブッシャージュ通りを抜けて中心街へむかった。マッセナ広場のアーケードの下にくると、私はほっとした。そこには車の騒音があったし、足を止めて店を冷やかしている人々や仕事帰りのバスを待つ人々がたくさんいたからだ。これらすべての喧騒のおかげで、私は囚われている夢から覚めたような気もしたが、それは幻想にすぎなかった。

夢？　というより一日一日が、自分でも気づかないうちに流れていくような感覚だ。そんな日々のうえに、足場になるような凹凸はひとつもなかった。私たちはいわば動く歩道に運ばれて前進していたのだ。街が次々に流れていき、動く歩道に運ばれているのか、それとも、スクリーンプロセスと呼ばれるあの映画の技法で背景が流れつづけているのに私たちがじっとしているだけなのか、もうわからなくなっていた。

ときおりヴェールが破れることもあった。だが昼間ではけっしてなく、夜に。昼間より生き生きした大気と、揺らめく照明のせいだ。私たちはプロムナード・デ・ザングレを歩いて、確固たる大地にふたたび触れ合っていた。この街に到着して以来とらえられていた、あの茫然とした感覚が消え失せ、自分たちの運命をふたたび自分たちで決められるようになっていた。いろんな計画を立てることもできた。イタリア国境を越えよう。ニール夫妻がその手助けをしてくれるはずだ。《ＣＤ》というナンバープレートのある夫妻の車に乗って、監視もされず、誰の注意もひかずにフランスからイタリアへ渡り、目的地ローマまで南下するのだ。ローマはふたりが今後の人生のために居を定めうる、ただひとつの都市だと私は考えていた。私たちのように不精な性格にぴったりの都市だった。

昼間はすべてが逃げていく。ニース、青い空、巨大なお菓子か貨物船みたいな明るい色の建物。ひと気のない日曜日の、陽光を浴びた街路、歩道に映る私たちの影、棕櫚の木々、そしてプロムナード・デ・ザングレ。これらすべての書割りが、スクリーンプロセスで流れていく。雨が亜鉛の屋根を叩く、いつまでたっても終わりそうにない午後には、見捨てられたような思いで、部屋の湿気とかびのにおいに包まれていたものだ。だがそのうち私は、見捨てられたと考えるのに慣れてしまった。いまでは時間の停止したこの亡霊たちの街で、くつろいでいる始末だ。プロムナード・デ・ザングレを途切れることなくゆっくり歩いていく人々とおなじように、自分のなかでバネがひとつ壊れたことを私は認めていた。重力の法則から解放されたのだ。そう、ニースに住む他の人々といっしょにただよっているのだ。けれどもペンション・サンタンヌ時代の私たちにとって、そうした状態は目あたらしいものだったし、自分たちを襲う麻痺状態に、びくびくしながら抵抗していたのである。シルヴィアとの生活のなかで、堅固にして揺るぎなかったもの、不変の目印となっていた唯一のものは、あのダイヤモンドだった。ダイヤモンドが私たちに不幸をもたらしたのだろうか？

私たちはその後もニール夫妻に会っている。いまでもよく覚えている待ち合わせのひとつは、午後三時頃、ネグレスコのバーでのものだ。大きなガラス窓の前に腰を下ろして、私たちは夫妻を待っていた。窓に切り取られたひとかたまりの空の青は、私たちを包んでいるあの薄明かりのなかではなおいっそう澄みわたり、近寄りがたかった。

「ヴィルクールが来たらどうする？」

私はあいかわらず彼を名字で呼んでいた。

「知らないふりをしておきましょ」とシルヴィアは言った。「でなかったら、ニール夫妻といっしょにしておいて、私たちが決定的に姿を消してしまうかね」

シルヴィアの口にしたこの《姿を消す》という言葉が、いま私の心を凍りつかせる。

だが、あの日の午後の私は、ニール夫妻とヴィルクールがおなじテーブルに腰を下ろし、なにを話していいのかよくわからず、なかなか現われない私たちに不安を募らせていく顔を思い浮かべて笑ったものだった。

もちろん、ヴィルクールなどやって来はしなかった。

それから私たちは、ニール夫妻とプロムナード・デ・ザングレを少し散歩した。パレ・ド・ラ・メディテラネの前で客を狙っている写真屋がこちらにカメラをむけ、店の地図を私の手に滑り込ませたのはその日のことだ。写真は三日のうちにできあがるので、欲しければ受け取りに行ける。

外交官用の車は、アルベール一世公園の、メリーゴーランドの前に停められていた。《いくつか仕事を片づけるために》妻とモナコへ《飛ぶ》ところなんですよ、とニールは私たちに言った。彼はとっくりセーターに、はじめて会った晩とおなじ、古い鹿革の上着をはおっている。バーバラ・ニールのほうは、ブルージーンズと黒貂の上着といういでたちだった。

ニールが私を離れたところに連れて行った。ゆっくりと回転するメリーゴーランドの前だ。男の子がひとり、白木の馬がいつまでも引きつづけている赤い橇に座っていた。

「子ども時分のことを思い出しますな」とニールは私に言った。「十歳くらいのことでしたよ……そう……一九五〇年か……一九五一年のことですね……父と、父の友人に連れられて散歩をしていたんです……で、このメリーゴーランドに乗りたくなった。父の友人がいっしょに乗ってくれましてね……その友人というのが誰だかおわかりですか？　エロール・フリン……なにかピンと来ませんか、このフリンという名前で？」

ニールは保護者のようなしぐさで私の肩を抱いた。

「ダイヤモンドの件についてご相談したいのですよ……バーバラの誕生日がもうじきでしてね……できるだけはやく前金をお渡ししましょう……モナコにある私の銀行の小切手で……イギリスの銀行です……それでよろしいですか？……」

「どうぞお好きなようになさってください」

「あのダイヤモンドは、指輪にします……バーバラは喜んでくれるでしょう」

シルヴィアとバーバラのところへ戻ると、ニール夫妻は私とシルヴィアを抱擁してから車に乗り込んだ。じつにお似合いの夫婦だ、とその晩の私には思われた。冬のコート・ダジュールの大気はときにひどく穏やかで、空と海はじつに青く、ヴィルフランシュの崖っぷちの道路沿いに太陽が照りつけるこんな午後には、人生はじつに軽やかだ。どんなことでもありうるような気がする。ポケットに押し込まれるモナコのイギリス銀行の小切手も、アルベール一世公園のメリーゴーランドに乗っているエロール・フリンも。

「今夜はココ・ビーチへ夕食にお連れしましょう！」

ニールの声が電話口で甲高く響いた。ココ・ビーチの発音に、もうアメリカ訛りはまったくなかった。

「八時過ぎにホテルへお迎えにあがります」

「どこか外で待ち合わせませんか？」と私は提案してみた。

「いやいや……あなたがたのホテルを通ったほうがずっと楽ですよ……ちょっと遅れるかもしれませんが……八時過ぎにホテルへお迎えにあがります……クラクションを鳴らしますから……」

反対しても無駄だ。しかたがない。わかりました、と私はニールに答えた。電話を切って、私はガンベッタ大通りの電話ボックスから出た。

クラクションが聞こえるよう、部屋の窓は開け放しておいた。ふたりとも寝転がっていた。この部屋で身を落ち着けられる家具は、ベッドだけだったからだ。

日の暮れる少し前から雨が降り出していた。亜鉛の屋根を叩く音も聞こえないような細かい雨だった。トゥーケかカブールの部屋にいるかと思わせる、一種の霧雨だ。

「ココ・ビーチってどこかしら？」とシルヴィアが言う。

アンチーブのほう？　フェラ岬のほう？　それとも、もっと遠いのだろうか？　ココ・ビーチ……そこにはタヒチやモレアといったポリネシア風の響きと香りがあった。もっとも、私のなかではむしろサントロペの海岸と結びついているのだが。

「ニースから遠いと思う？」

車で遠出するのが怖かった。夜遅くレストランやナイトクラブをまわったりするのを、私はいつも警戒していた。閉店してしまえば、車で家まで送ってもらうために、相席した誰かの好意を期待しなければならないからだ。たとえその人物が酔っぱらっていても、道中は言いなりになるしかない。

「約束をすっぽかそうか？」と私はシルヴィアに言った。

部屋の明かりを消す。ニール夫妻がペンション・サン・タンヌの鉄柵を押し開けて庭を横切ってくる。家主が居間のフランス窓を開ける。ヴェランダで声がする。誰かが何度も私たちの部屋のドアを叩く。呼ぶ声がする。《いらっしゃるのですか?》。沈黙。そうして足音が小さくなり、庭の鉄柵がまた閉じられる音が聞こえればもう安心だ。とうとう、ふたりきり。ふたりきりの喜びにかなうものはない。

霧笛とおなじくらい鈍いクラクションが三つ聞こえた。窓に身を乗り出すと、鉄柵のむこうで待っているニールの影が見えた。

階段で、シルヴィアに言った。

「ココ・ビーチが遠すぎるようだったら、この界隈から離れたくないと頼んでみよう。電話を待っているから、はやく戻らなければならないって言うんだ」

「それとも置き去りにしてしまうかね」とシルヴィアが言った。

雨はもうあがっていた。ニールが大きく手を振って合図をした。

「クラクションの音が届かないのかと思いましたよ」

ニールは、とっくりセーターにいつもの古い鹿革の上着という格好だった。車はシェークスピア通りの角に停めてあった。黒塗りの、ゆったりした車だ。メーカーがどこか、私にはわからなかった。たぶんドイツ製だろう。外交官用のナンバープレートではなく、パリのナンバーだった。

「車を代えざるを得ませんでね」とニールが言う。「このあいだのが調子悪くて」

ニールは私たちにドアを開けてくれた。バーバラ・ニールは例の黒貂の上着をはおり、助手席で待っていた。ニールが運転席に座った。

「いざ行かん、ココ・ビーチへ！」。そう言うなり彼はUターンした。

私の好みからすると速すぎるくらいのスピードでカファレッリ通りを下っていく。

「ココ・ビーチっていうのは、遠いのでしょうか？」と私は訊ねた。

「とんでもない」とニール。「港を越えてすぐのところですよ。バーバラお気に入りのレストランのひとつでしてね」

バーバラがこちらを振りむいた。微笑を浮かべていた。松のにおいがする。

「あそこはきっと気に入ってくださると思いますわ」と彼女は言った。

港をまわり、それからヴィジエ公園と水上スポーツクラブの前を通った。ニールは海沿いの曲がりくねった通りに車をむけ、ネオンサインのきらめく浮き桟橋のあたりで止めた。

「ココ・ビーチです！　みなさんお降りになって下さい！」

ニールの声には、無理に取りつくろったような陽気さがあった。あの晩、彼はなぜ座持ち役を演じようとしたのだろうか？

私たちは浮き桟橋を渡った。ニールは妻とシルヴィアの肩を親しげに抱いていた。かなり強い風が吹いていた。ニールが言った。

「海に落ちないよう気をつけて！」

白く太い編み紐を手すりにした階段を下り、通路を抜けてレストランのホールに出た。白いスーツに娯楽用の水兵帽をかぶったボーイ長が現われた。

「どちら様のお名前でご予約でしょう？」

「ニール船長だ！」

十メートルほど先にひろがる海を見下ろすホールを、大きなガラス窓が取り囲んでいた。水兵の格好をしたボーイが、そのガラス窓に近いテーブルのひとつに私たちを導いてくれた。ニールはシルヴィアと私に、ニースを一望できるほうのテーブルに座ってくださいと言った。ごくわずかな客が小声で話していた。

「このレストランは、とくに夏場が繁盛するんですよ」とニールは言った。「屋根を取り払って、テラスにしましてね。じつは、父にむかし雇われていた庭師が二十年ほど前にこのレストランを建てたんです……」

「その庭師はいまでもここを経営しているんですか?」と私は彼に訊ねた。

「いや。残念なことに、彼は亡くなりました」

この返事にはがっかりした。その晩の私の精神状態はかんばしくなかったので、できることならニールの父親がむかし雇っていたという庭師に会ってみたかったのだ。そうすれば、ニールが金も名誉もあるアメリカのれっきとした家柄の出であることを確認できただろう。

レストランのボーイは、彼らの上司にならって金ボタンの白いブレザーと白いパンタロンを身につけていたが、帽子はかぶっていなかった。入口の扉のうえの白い浮き輪には、青い文字で《ココ・ビーチ》と記されていた。

「いい眺めでしょう?」と上半身をまわしながらニールが言った。

デ・ザンジュ湾がシルヴィアと私の眼前いっぱいに開けていた。ところどころ、強い明かりがくぼんだ影を浮き立たせている。いくつもの投光器が、岩と城山の麓のデコレーションケーキのような慰霊碑を照らし出していた。遠く、アルベール一世公園が、ネグレスコの白いファサードやばら色のドームとおなじように輝いていた。

「船に乗っているみたいだわ」とバーバラが言った。

そのとおりだった。白い服を着た乗組員たちが、テーブルのあいだを音も立てずに行き来している。彼らがズック靴を履いていることに私は気づいた。

「まさか船酔いはしておられないでしょうな？」とニールが言った。

ニールの言葉が私にかすかな不安を引き起こした。それとも、大きなガラス窓に落ちかかる雨の雫と、ヨットの舳先を模してレストランの浮き桟橋に固定されたココ・ビーチの、看板がわりの白旗をはためかす風のせいだったのだろうか？

白い服を着たボーイが、ひとりひとりにメニューを手渡してくれた。

「ブーリッドをお薦めしますよ」とニールが言った。「あるいは、お好みでしたらアイヨリもあります。これはどうまいアイヨリは、よそで食べたことがありません」

アメリカ人はときに美食家になる。そしてあのありったけの誠実さと善意でもって、フランス料理とワイン通になる。だが、ニールの口調や表情の作り方、不作法な親指の立て方にくわえて、ブーリッドやらアイヨリやらの自慢のしかたから私が思い浮かべたのは、はっきりとした土地の名だった。ニールのうちにとつぜん、マルセイユのラ・カヌビエール大通りやパリのピガール近辺のにおいがただようのを感じたのである。

食事のあいだじゅう、シルヴィアと私は視線を交わし合っていた。おなじことを考えていたのだと思う。その気になればニール夫妻を置き去りにするのはたやすいことだ、と……けれども港まで戻ることを考えて、私は思いとどまった。港から先へ行けば、ニースの街なかに姿をくらますことができる。しかしそこまではひと気のない通りに沿って歩かなければならない。車で簡単に追いつかれてしまう。彼らは車を止めて説明を求めるだろう。釈明し、謝罪するか、それとも厄介払いしてしまうか……どちらにしてもおなじことだ。住所を知られているのだから。私に言わせれば、ニール夫妻はヴィルクールとおなじくらいあきらめが悪い。いや、ことは穏やかに運んだほうがいいだろう……

デザートのとき、私の不快感はますます募った。ニールがシルヴィアに身を寄せ、人差し指でダイヤモンドに触れてこう言ったのだ。

「おや、あいかわらず宝石《いし》を身につけておられるのですか?」

「モナコの中学校では隠語の使い方まで教えるんですね」

ニールは眉をしかめた。眼差しに、冷やかなものがあった。

「わたしはただ奥様に、またあの宝石《いし》を身につけていらっしゃるんですね、と言っただけですよ……」

　あれほど愛想のよかった彼が、とつぜん攻撃的になっていた。食事中に飲み過ぎたのだろう。バーバラは気づまりな様子で煙草に火を点けた。

「妻はたしかに宝石《いし》を身につけています」と私はニールに言った。「けれど、この宝《い》石《し》はあなたの手に届かないところにある」

「そうですかな？」

「たしかです」

「誰にそんな話を吹き込まれたんですかね？」

「直観ですよ」

　ニールは大声で弾けるように笑った。眼差しがやわらぎ、いまや愉しげな表情で私を見つめていた。

「ご立腹なさいましたか？　いや、ちょっと冗談を言ってみたかっただけなんですよ……悪い冗談でした……申し訳ない……」

「こちらも冗談を言ったまでです」と私はニールに言った。

　一瞬、沈黙があった。

「さあ、冗談を言い合っていらしたんなら」とバーバラが口を開いた。「それでよろしいじゃありませんか」

いまではもうよくわからなくなってしまったが、プラムだか洋梨だかの蒸留酒を飲もうとニールは言い張った。私はグラスを口まで運び、ほんの少し飲むふりをした。シルヴィアはひと息に空けてしまった。彼女はもうなにも言わず、指のあいだで苛立たしげに《宝石《いし》》を撫でていた……

「奥様もですか、奥様も私に腹を立てていらっしゃるのですか?」ニールがへりくだった声でシルヴィアに訊ねた。「この宝石の話のせいで……」

軽いアメリカ訛りが戻っていた。ニールはもう先ほどとおなじ男ではなかった。どこか魅力的で、おずおずしたところがあった。

「お詫びいたします。くだらない冗談はお忘れになって下さい」

彼は子どもが頼みごとをするようなしぐさで手を合わせた。

「お許しいただけますか?」

「お許ししますわ」とシルヴィアが言った。

「さっきの宝石の話は、本当に申し訳なかったと思っております……」

「宝石であれなんであれ、どうでもいいことです」とシルヴィアは答えた。

こんどは彼女が引きずるようなパリ東部の訛りで話していた。

「いつもこんな感じなんですか？」とシルヴィアはニールを指差しながらバーバラに訊ねた。

バーバラは狼狽していた。ようやくのこと、口ごもりながら言った。

「たまにですわ」

「で、旦那様を落ち着かせるには、どうなさっていらっしゃるのかしら？」

この質問は肉切り包丁のようにずばりと発せられた。ニールは大声で笑った。

「たいした奥様ですな！」とニールは私に言った。

居心地が悪かった。酒をぐいと飲み干した。

「さて、今宵をどう締めくくりましょうか？」とニールが言った。

それはまさに私が予想していたことだ。私たちの苦しみはまだ終わっていない。

「カンヌにとても感じのいい場所を知っておりましてね」とニールはつづけた。「そこへ一杯やりに行きませんか」

「カンヌへ？」

ニールは私の肩をそっと叩いた。

「まあまあそんな顔なさらずに……カンヌは悪い遊びをするところじゃありませんよ……」

「ホテルに戻らなければならないんです」と私は言った。「十二時頃に電話が入ることになっていて」

「まあ……まあ……カンヌからご自分でおかけになればいいじゃありませんか……われわれを見捨てないでくださいよ……」

万策尽きてシルヴィアのほうをむいた。彼女は泰然としていたが、ようやく助け船を出してくれた。

「疲れてるんです……夜中に車で遠出はしたくありません……」

「車で遠出するですって？　カンヌまでなんですよ……馬鹿にしないでいただきたいな……おい、聞いたかい、バーバラ？　カンヌへ行くっていうのに、車で遠出だとおっしゃるんだ……たかがカンヌまでなんだよ……それを遠出だと言われる……」

もう止めてくれ。でなければ、いつまでも《カンヌまでなのに、カンヌまでなのに……》と言いつづけるドロップハンマーにつきあわなくてはならない。抗弁すれば、彼らはいままよりもっとしつこく私たちに張りついてくるだろう。歩道のへりにこすりつけ、なんとかして踵からはぎ取ろうとしているのに、いっこうに埒のあかないあのチューインガムみたいな輩がいるのはなぜなのか？

「十分でカンヌに着くと請けあいますよ……この時間帯ならスムーズに走れますからね……」

いいや、ニールは酔っているようにさえ見えなかった。甘ったるい声で話していた。シルヴィアは肩をすくめた。

「どうしてもとおっしゃるのなら、参りましょう、カンヌへ……」

シルヴィアは冷静さを保っていた。彼女は私にかすかな目配せをした。

「ダイヤモンドの件をご相談させてください」とニールが言った。「お客がひとり見つかったんですよ。そうだろう、バーバラ？」

バーバラはそれに応えず、ただ笑みを浮かべていた。

白い上着を着たボーイたちがテーブルのあいだを動きまわっていた。なんとしっかりした足取りで歩けるものだろう。大きなガラス窓のむこうでは、ニースの明かりがだんだん遠ざかり、ぼやけていくようだ。私たちは沖へむかっていた。すべてが私の周囲で縦揺れを起こしていた。

車に乗り込むとき、ニールに言ってみた。

「本当にホテルの前で降ろしていただきたいんです……その電話を逃したくないんですよ……」

彼は腕時計を見た。顔がぱっと明るくなり、大きな笑みがひろがった。

「十二時の電話を待っておられるのですね？　もう十二時半だ……われわれを置いてきぼりにする言い訳はもうなにもありませんな……」

シルヴィアと私は後部座席に座った。バーバラが金のシガレットケースをカチッと鳴らしてこちらに振りむいた。

「煙草を持ってらっしゃらないかしら？」と彼女は言った。「もう残ってませんの」

「持ってません」とシルヴィアがぶっきらぼうに応えた。「煙草はありません」

シルヴィアは私の手をつかんで、自分の膝に押しつけていた。ニールが車を発車させた。

「本当に私たちをカンヌへ連れていくおつもりですか？」とシルヴィアが言った。「退屈ですのに、カンヌなんて……」

「知りもしないことを話しておられますな」ニールが保護者ぶった口調で答えた。

「ふたりともナイトクラブは好きじゃないんです」とシルヴィアが食い下がった。

「ナイトクラブにお連れしようというわけじゃありませんよ……」

「じゃあ、どこへ？」

「思いがけないところですよ」

ニールは私が怖れていたほどのスピードでは運転していなかった。彼は小さな音でラジオをつけた。ふたたび水上スポーツクラブの白い建物とヴィジエ公園の前を通り、港まで戻った。

シルヴィアは私の手を握っていた。私は彼女に顔をむけ、腕をドアのほうに動かしてみせた。赤信号を利用すれば車から降りられると伝えたかったのだ。彼女は察してくれたと思う。うなずいたからだ。

「この曲が大好きでしてね」とニールが言う。

ラジオのヴォリュームをあげて、彼は私たちのほうをむいた。

「あなたがたもお好きですか？」

どちらも返事をしなかった。私はカンヌ方面へたどっていく道筋を思い浮かべていた。アルベール一世公園のところできっと信号停車する。でなければもう少し走ったたプロムナード・デ・ザングレで停車するだろう。プロムナード・デ・ザングレで車から降りて、それと直角に交わる通りのどれかに消えてしまうのが最良の策だ。一方通行だからニールも入ってこられない。

「もう煙草がないわ」とバーバラが言った。

カッシニ埠頭にさしかかっていた。ニールは車を止めた。

「煙草を買ってきてほしいのか？」とニールが訊ねた。

彼は私のほうを振りむいた。

「バーバラのために、煙草を買ってきていただけませんか？」

ニールは車をUターンさせると、ドゥ・ゼマニュエル埠頭の端でもう一度停車した。

「埠頭のいちばん手前のレストランが見えますか？　レストラン・ガラックと書いてある……まだ開いてます……クレイヴンを二箱と言ってみてください……嫌な顔をされたら、わたしに頼まれたとおっしゃればいい……マダム・ガラックはわたしをほんのガキの頃から知ってますのでね……」

シルヴィアをちらりと見た。決断を待っているようだった。私は首を横に振って、だめだと合図した。まだ彼らを置いて逃げるタイミングではない。そのためには、ニースの中心街にいなくてはならない。

ドアを開けようとしたが、ロックが掛かっていた。

「これは失礼」とニールが言った。

彼は変速ギアのあたりのボタンを押した。今度はドアが開いた。

私はガラックに入り、レストランに通じる階段をのぼった。ブロンドの女性がクロークの窓口に控えていた。レストランのホールからがやがやとした話し声が聞こえてくる。

「煙草ありますか？」と私は訊ねた。

「銘柄は？」

「クレイヴン」

「申し訳ございません……イギリスの煙草は置いてございませんので……」

彼女はいくつも煙草を載せたトレーを私に差し出した。

「しかたないな……じゃあ、アメリカのをもらおうか」

適当に二箱選んで、百フラン札を一枚渡した。彼女は引き出しを開け、それからべつの引き出しを開けた。お釣りがなかった。

「やれやれ」と私は言った。「お釣りはいいですよ」

階段を下りた。ガラックを出ると、車の影はなかった。

私はカッシニ埠頭の歩道で待った。ニールはたぶんこの近辺にガソリンを入れに行って、スタンドを見つけられずにいるのだ。そのうち車は目の前に現われるだろう。時が経つにつれ、パニックに襲われる気がしてきた。じっと待っていられず、歩道沿いをしばらく歩いてみた。とうとう腕時計に目をやった。午前二時近かった。

騒がしいグループがレストラン・ガラックから出てきた。何台かの車のドアの音がして、エンジンがかかった。埠頭で話をつづけている者もいた。話し声と笑い声が聞こえてくる。むこうの噴水盤のへりで、ヘッドライトを消してシートを掛けたトラックから積荷を下ろし、順々にわきへ積みあげているひと影が見えた。

私はその影のほうへ歩いて行った。彼らはひと休みして、積荷にもたれて煙草を吸っていた。

「さっき、車を見かけませんでしたか?」と私は訊ねた。

彼らのひとりがこちらへ顔をあげた。

「どんな車だい?」

「黒塗りの、大きな車です」

誰かに話しかけ、自分ひとりで抱え込まないでおく必要があった。

「あそこの、建物の前に停まっていた黒い車です。友人が待っていたんです……なにも言わずに行ってしまったんです」

そう、こんな連中に説明したってなんにもならない。言葉が見つからなかった。そもそも彼らは私の言うことを聞いてはいなかった。だが、私の引きつった顔に気づいてくれたらしい者がひとりいた。

「黒い車って、メーカーはどこだい?」と男は言った。

「わかりません」

「車のメーカーもわからないのか?」

おそらく私が酔っぱらっているのか正気なのかを調べるためにそう訊いたのだろう。彼は疑わしそうに私を見つめていた。

「ええ、そうです。車のメーカーはわかりません」

そんなこともわからなくては、どうしようもなかった。

シミエ大通りをのぼっているとき、どきっとした。遠くに、こんもりした薄暗い車の影が見えたのだ。ニール夫妻のヴィラの、欄干のある塀の前に停められた車の影だ。近づいてみると、先ほどの車ではなく、外交官用のプレートをつけた車だとわかった。

何度か呼鈴を鳴らしてみた。誰も応答しなかった。鉄柵を開けようとしたが、閉じられていた。私は通りを渡った。欄干のむこうに見える邸宅の一部に、明かりは灯っていなかった。もう一度シミエ大通りを下り、マジェスティックのすぐ下にある電話ボックスに入った。私はニール夫妻の電話番号をまわして、ながいあいだベルを鳴らしつづけた。鉄柵のベルほどながくは鳴らさなかったが、誰も出なかった。それからまた通りを歩いてニール夫妻のヴィラまで戻った。車はあいかわらずそこに停められていた。なぜだかわからないが、私はドアをひとつずつ開けてみようとした。だが、どれもロックされていた。後部トランクも開かなかった。多少は動いてくれるかと期待して、鉄柵を揺すってみた。だめだった。車と鉄柵を蹴飛ばしてみたが、なんの効き目もなかった。すべてが私の前で閉じられ、滑り込めるようなどんな裂け目も、どんな手応えも見当たらなかった。すべてに錠が下ろされていた――取り返しがつかないほどに。

私がペンション・サン・タンヌまで歩いていくこの街だってそうだ。さびれ果てた街並み。車もほとんど通らなかった。一台ずつ目で追ったが、どれもニール夫妻の車ではなかった。走り去っていく車には、誰も乗っていないように思われた。アルザス・ロレーヌ公園に沿って歩いていくと、ガンベッタ大通りの角に、黒い、ニール夫妻の車とおなじ大きさの車が停められているのに気づいた。エンジンがかかっていたが、ほどなく切られた。近づいてみたものの、半透明のガラスのむこうにはなにも見えなかった。身をかがめて、フロントガラスに額をつけんばかりにしてみると、サイドシートにブロンドの女が乗っていた。ハンドルに上半身をもたせかけるように、妙な格好で座っていたその女が、今度は背中を男のほうにむけようとしている。男は女にぴたりと身体を寄せようとしていた。女はもがいているように見えた。その場を離れてしばらくすると、ウインドーが下げられ、褐色の髪をオールバックにした男が顔を出した。

「のぞき屋め、お楽しみかい」

つづいて女の甲高い笑い声が聞こえた。笑い声は、カファレッリ通り一帯に響きわたるような気がした。

ペンション・サン・タンヌの鉄柵には鍵がかかっていた。ここもまた、絶対に開けられないだろうと思った。しかし体重をかけて力いっぱい押してみると、どうにか開いてくれた。小径と庭は薄暗く、使用人専用の階段まで手探りで進まなければならなかった。

部屋に入ってペンダントライトを点けると、まずは元気づけられたような気がした。それほどどこの部屋には、シルヴィアがまだ生き生きと存在していたのだ。彼女のドレスが一着、革の肘掛け椅子の背にかかっていたし、それ以外の服はクローゼットに整理されていた。奥のほうには、彼女の旅行鞄があった。化粧品は洗面台のそばの白木の小テーブルに置かれたままだ。私はシルヴィアの香水のにおいを嗅いでみずにはいられなかった。

服を着たままベッドに横になり、暗くしたほうが頭のめぐりがよくなると思って明かりを消した。だが、闇と静寂が私を屍衣のように包み込んで、息がつまるような気がした。少しずつ、それは空虚で悲痛な思いに取って代わった。ベッドでひとり横になっているのが耐えがたかった。枕もとのランプを灯し、シルヴィアはじきにこの部屋の私のもとへ帰ってくる、と小声でつぶやいてみた。私がここで待っていることをシルヴィアは知っているのだ、と。それから、ぎいっと軋みながら鉄柵が開き、足音を響かせて小径をたどり、階段の踏み板をのぼってくるシルヴィアの姿がもっとよく見えるように、もう一度ランプを消した。

私はもはや、ペンション・サン・タンヌからニール夫妻のヴィラへ通う夢遊病患者にすぎなかった。ながいことベルを鳴らしても、誰も応えてくれなかった。外交官用の乗用車は鉄柵の前の、いつもの場所に停められていた。

ニール夫妻の電話番号は、レ・ザルプ・マリチーム地方の電話帳に、つぎのように記載されていた。アメリカ大使館外交課、シミエ大通り五〇番地二号。私はパリのアメリカ大使館に電話し、ヴァージル・ニールという人物をご存知ありませんか、ニースのシミエ大通り五〇番地二号にあるあなたがたの持ち家のひとつに住んでいるのですが、と問い合わせてみた。そして、いつのまにか姿を消してしまって心配しているのです、とつづけた。だめだった。相手はヴァージル・ニールなる人物を聞いたこともなかった。シミエ大通りのヴィラ、シャトー・アジュールは、大使館役員の住居として使われておりますが、数カ月前から空き家になっております、近々アメリカ領事が入居することになっておりますので、新領事にお訊ねになったらいかがでしょう。

私はありとあらゆる新聞を、ことに地方紙を読み、イタリアの新聞にまで目を通していた。三面記事をまめに追っていたのだ。なかにひとつ、注意をひくものがあった。シルヴィアが姿を消した夜、ドイツ製の車――オペルだった――がマントンとキャステラールのあいだ、通称モン・グロ道と呼ばれる場所で道路をはずれ、谷底で大破していた。車は炎上し、なかから完全な焼死体が二体発見された。身もとの確認はできていない。

プロムナード・デ・ザングレを迂回し、クロンシュタット通りのちょうど手前にある大きなガレージに入った。修理工のひとりに、ひょっとしてこのガレージにオペルの車が来てませんか、と訊いてみた。

「どうしてだい?」

「いや、ちょっと……」

修理工は肩をすくめた。

「あっちの……隅の……いちばん奥だ……」

そう、それはまさしくニール夫妻の車によく似た車だった。


足跡を、導きの糸を見出せないものか、あるいはニール夫妻がシルヴィアを連れて入っていくところを押さえられないものかと考えて、私は夫妻と訪れた場所をすべてたどりなおしてみる気になった。おなじ場面の細部を根気よく調べるために編集デスクで巻き戻される、あのフィルムのように。しかしアメリカ煙草を二箱手にしてガラックの店を出た瞬間、フィルムは切れていたのだ。でなければ、リールが終わりまで巻きあがっていたのだ。

ただし、ニール夫妻がはじめて私たちと待ち合わせた、ポンシェット通りのイタリア料理店で過ごした夜はべつだった。

私は巨大な暖炉の近くの、あの晩とおなじテーブルを選び、おなじ椅子に座っていた。そう、おなじ場所に戻り、おなじ動作を繰り返しながら、いつかは見えない糸を結びなおせるだろうと期待していたのである。

私はレストランの支配人やボーイのひとりひとりに、ニール夫妻を知りませんかと訊いてまわった。夫妻の名を口にしても、彼らからはなにも得られなかった。とはいえ、自分はこの店の常連だとニールは私たちにはっきりそう言ったのだ。夕食の客たちが大きな声で話をしていた。喧騒のなかで息がつまりそうだった。自分がなぜそこにいるのか、どこにいるのかが、もうわからなくなるほどに。

これまでの人生に起こった事件の数々に少しずつ霧がかかり、消え失せようとしている。残されているのは、あの瞬間だけだった。夕食の客たち、巨大な暖炉、壁にかけられたガルディの贋作、ひそやかな話し声……立ちあがってこのホールを離れる勇気がなかった。ちょっとでもドアから踏み出せば、虚無のなかへ滑り落ちてしまうだろう……

肩口からカメラを下げた髭面の男が入ってきた。外の冷気がいっしょに流れ込んでくる。とつぜん、私は麻痺状態から引き出された。パレ・ド・メディテラネの前をうろついて、ニール夫妻、シルヴィア、それに私の写真を撮った、あのビロードの上着の、へぼ絵描きのような顔をした写真屋だとわかったからだ。このときの写真を、私はいつも財布にいれていた。

男はテーブルをまわり、食事を楽しんでいる人々に《記念写真》はいかがですかと訊ねたが、誰も撮ってくれとは言わなかった。それから男の目が私にぶつかった。ためらうように見えたのは、たぶん私がひとりだったせいだろう。

「写真はどうかね？」

「そうだな、お願いしようか」

男はこちらにカメラをむけた。フラッシュに目がくらんだ。

指のあいだで写真が乾くのを待ちながら、興味深そうに私を見ている。

「ニースで、おひとり？」

「ええ」

「観光旅行中？」

「そういうわけじゃありません」

男は厚紙でできた小さな額に写真を滑り込ませて、私に差し出した。

「五十フランいただきます」

「一杯どうですか？」と私は彼に言った。

「喜んで」

「私もむかし、写真を撮ってたんですよ」

「おや、そうですか……」

彼は真むかいに腰を下ろし、カメラをテーブルに置いた。

「プロムナード・デ・ザングレで、もうあなたに撮ってもらいましたよ」と私は彼に言った。

「全部を全部、覚えてられませんや。ひっきりなしに通るもんだからね……」

「そう、ひっきりなしに……」

「で、あなたもむかし、写真屋だった？」

「ええ」

「どんなたぐいの？」

「まあ……なんでも屋ですよ」

誰かと話ができたのはこれがはじめてだった。私は財布から写真を取り出した。彼はそれを見るともなく見て、眉をひそめた。

「こいつはお客さんの友人かね？」とニールを指差しながら、彼が口を開いた。

「友人というわけじゃありませんが」

「いや、この野郎はむかしの知り合いですよ……もう何年も顔を見ちゃいませんがね……その日にこいつを写してたとは気がつかなかった……あんまりさっさと行っちまうもんだから……」

　ボーイがシャンパンを二杯運んできた。私はひと口飲むふりをした。彼のほうは一気にグラスの中身を飲み干した。

「じゃあ、この男をご存知なんですか？」答えが返ってくるとはさして期待せずに私は言った。いろんなことが目の前を素通りしていくことに、それほど慣れきっていたのだ。

「知ってるもなにも……ガキの頃、おなじ界隈に住んでましてね……リキエ通りの……」

「確かですか？」

「もちろん」

「じゃあ、名前は？」

　私が謎かけでもしていると思ったらしい。

「アレッサンドリ……ポール・アレッサンドリだ……ご名答でしょう？」

　彼は写真から目を離さなかった。

「それでアレッサンドリのやつ、いまはまた、なにをやらかしてるんです？」

「正確なことは知らないんですよ」と私は応えた。「知り合ったばかりでしてね」

「最後に会ったときは、カマルグで牛や馬の世話をしてたな……」

彼は顔をあげ、皮肉っぽく、もったいぶった口調で私に言った。

「いかがわしい連中と付き合いがおありのようですな」

「というと？」

「ポールはまず、カジノ・リュールのページボーイからはじめましてね……市営カジノで両替係をやり……それからバーテンをやり……で、パリに上京したところで行方がわからなくなった……豚箱に入ってたんですよ……あたしなら用心するね……」

彼は鋭い小さな目で私を見つめていた。

「観光で来てるひとに、気をつけなさいって忠告するのが趣味でして……」

「観光客じゃありませんよ」と私は言った。

「おや、ニースにお住まいで？」

「そうじゃありません」

「ニースは危険な街ですよ」と彼は言った。「ときどき危ない連中に出くわす……」

「彼がアレッサンドリという名前だとは知りませんでした」と私は彼に言った。「ニールと名乗ってました」

「ほう……なんという名前ですって？」

「ニールです」

「こいつはまた……ポールがニールを騙《かた》ってた？……ニールねえ……ニールってのはあたしらがガキの時分、シミエ大通りに住んでいたアメリカ人だったな……大きなヴィラでね……シャトー・アジュール……ポールはあのヴィラの庭へ遊びに連れてってくれたもんですよ……戦後すぐの頃ですがね……あいつは庭師のせがれだったんです……」


マッセナ広場を横切った。ポール・アレッサンドリが《両替係》をしていた古い市営カジノの敷地を示す塀のもう少し先に、警察の経理局がある。それにしても、両替係とはどういうことなのか？　発着所から出たり入ったりする観光バスを見ながらしばらく歩き、ひと息に、後戻りするのを怖れるように門をくぐった。

入口のホールの事務机に控えている男に、《行方不明》はどの課に行けばいいでしょうかと訊ねた。

「もの、と人間、の、どちらですか?」

自分のほうから進んでやってきたことを、すぐに後悔した。これからはあれこれ質問されて、それに詳しく応えなければならない。曖昧な返事では満足してもらえないだろう。私の耳にはもうタイプライターを打つ単調な音が聞こえていた。

「人間のほうです」

「二階の二十三号室」

エレベーターに乗るより、階段を使うほうがよかった。青みがかった緑色の廊下を歩いた。廊下沿いに三、五、九、十一、十三……と奇数番号の部屋がならんでいる。それから廊下は左へ、直角に方向を変えた。十五、十七、二十三。天井の電球が、煌《こう》煌《こう》とドアを照らしていた。私は目をしばたいた。何度かノックすると、どうぞお入りください、という甲高い声が聞こえた。

かなり若い、眼鏡をかけたブロンドの男が、腕を組んでスチールデスクのむこうに座っていた。隣の白木の小さなテーブルには、黒いプラスチックのカバーに覆われたタイプライターが載っていた。

彼は目の前の椅子を指し示した。私は腰を下ろした。

「ある女ともだちのことなんですが、数日前に行方がわからなくなったんです」と私は言った。自分の声ではないような気がした。

「女ともだち？」

「ええ。私たちはふたりの人物と知り合って、あるレストランに招待されたんです。ところが食事のあと、彼女はそのふたりとオペルの車に乗って姿を消してしまって……」

「あなたのお友だちがですか？」

私は相当な早口で喋っていた。まるで話がさえぎられることを、ほんのわずかな時間ですべてを説明しなければならないことを見越しているかのように。

「それ以来、なんの連絡もないんです。私たちが出会ったその人物は、自称ニール夫妻と言って、アメリカ大使館が所有しているシミエ大通りのヴィラに住んでました。あと、彼らは外交官用のプレートをつけた乗用車を使っていて、その車はいまでもヴィラの前に停められています……」

彼は頰杖をついて私の話に聞き入っていた。もう話を止めることができなくなっていた。あまりにながいあいだ、こうしたことをぜんぶ自分ひとりの胸に収めていて、誰かに打ち明ける機会がなかったのだ……

「その男はニールという名前ではなく、自分ではアメリカ人だと言ってましたが、それも事実とちがっていました……男の名はポール・アレッサンドリ、ニースの生まれです……プロムナード・デ・ザングレで写真を撮っていて、私たちの写真も撮ってくれたその男の幼なじみから聞いたんです」

　私は財布から写真を取り出して彼に手渡した。彼はそれを死んだ蝶の羽のように親指と人指し指でそっとつまみ、ちらりとも見ずに机に置いた。

「そのポール・アレッサンドリという男は左から三番目。リュール・ホテルでページボーイをしていたことがあって……刑務所にも入ってます……」

　指の先で、彼は写真をこちらに押し返した。その資料は見むきもされなかった。ポール・アレッサンドリがいかに前科持ちであろうと、まったく彼の興味をひかなかった。

「友だちは、非常に高価な宝石を身につけていました……」

　すべてが揺らぎはじめていた。あといくつか細かな点を話せばじゅうぶんだった。そうすれば、私の人生の一時期が、この警察の経理局の事務室のなかで終わることになる。私は確信していた、目の前の男がタイプライターの黒いカバーをはずし、机に置くときがついに訪れたことを。用紙を差し込み、キリキリとまわす。それからこちらに顔をあげて、優しい声で言うのだ。

「どうぞお話しください」

だが、彼は頬杖をついたまま、じっと動かずに黙り込んでいた。

「友だちは非常に高価な宝石を身につけていたんです……」私はさっきよりきっぱりした声で繰り返した。

彼はあいかわらず口をつぐんでいた。

「アメリカ人になりすましていたこのポール・アレッサンドリは、彼女の宝石を狙っていたんです。売ってくれないかと私に言いさえしました……」

話を終わらせようとする者がよくやるように、彼は両手をテーブルにぴたりとつけて上半身を起こした。

「ご相談というのは、あなたの女ともだちの件だったんですね？」と彼は言った。

「そうです」

「その方と姻戚関係はおありですか？」

「ありません」

「うちは《家出人捜索課》と言いましてね。こちらの理解したところでは、その方はあなたのご家族ではない……」

「そうです」

「となりますとね……」

彼は両腕をひろげ、聖職者のようなやさしさで匙を投げるしぐさをしてみせた。

「それに、この手の失踪はよくあることなんですよ……だいたい一時的な出奔です……たとえばこうは考えられませんか、あなたのお友だちはそのご夫妻と旅行に出るつもりだった、しばらくしたら消息を知らせてくる、と？」

なんとか口ごもるだけの力は残っていた。

「オペルがマントンとカステラールのあいだの渓谷で事故を起こしたと新聞で読んだんですが……」

先ほどと変わらないあのやさしさで、彼は両手をこすり合わせた。

「コート・ダジュールの谷間で大破したオペルなんて、腐るほどありますよ……谷底に転落したニースとその近郊の車を、ぜんぶ数えあげるなんておつもりはないでしょう？」

男は立ちあがって私の腕を取り、力は入っているが慇懃な感じで、背中を押すように事務所のドアのところまで連れて行った。ドアが開かれた。

「申し訳ありません……本当になんのお力にもなれませんので……」

彼はドアの掲示板を私に示していた。ドアが閉じられると、私はしばらくのあいだ廊下の電球の下でじっと呆けたように立ちすくみ、《家出人捜索課》という青い文字を見つめていた。

これでもうなにひとつ頼れるものはなくなったと感じながら、私はアルベール一世公園に戻った。思いやりを欠いたあの警察署の役人が、恨めしかった。彼は一瞬たりとも私に救いの手を差しのべず、仕事柄あって当然の好奇心さえ示さなかった。すべてを打ち明けてしまおうという気になっているときに、あの男は私の意気を挫いたのだ。当人のために残念なことだと言ってやりたい。これは彼が思っているほどありきたりの事件ではないのだ。そうだとも。自らの過失で、あの男は昇進の機会を逸したのだ。

たぶん私の話の順序が悪かったのだろう。シルヴィアではなく、《南十字星》のことを話すべきだったのだ。あの宝石にまつわる、ながく血なまぐさい物語に比較すれば、ふたりの人生、シルヴィアと私のちっぽけで個人的な事例などに、どんな重みがあるだろう？　そんな話はほかにいくらでもあったし、この先も繰り返されるエピソードのひとつにすぎない。

私たちがニースに落ち着いて間もないころ、よく古本の推理小説を買ったフランス通りの本屋で、私はB・バルメーヌという人物の手になる三巻本の『宝石由来辞典』を見つけた。バルメーヌと称するこの男は、パリ高等裁判所の近くで宝石専門店を営み、膨大な数の宝石を調査している。シルヴィアと私は、《南十字星》の項目を引いてみた。

バルメーヌは私たちの宝石に十行ほど割いていた。《南十字星》は一七九一年一月十日から十一日にかけての夜、バリー伯爵夫人から盗まれ、一七九五年二月十九日、クリスティーズによってロンドンで競売に付された宝石のひとつだった。この宝石がふたたび人々の口の端にのぼるのは、ようやく一九一七年十月のことで、その年、パリ十六区サイゴン通り八番地、ファニー・ロベール・ド・トゥッサンクールなる女性宅から、再度盗み出されたのである。犯人はセルジュ・ド・レンツといい、逮捕されはしたが、ファニー・ロベール・ド・トゥッサンクールは、まもなくレンツが友人だと主張して告訴を取り下げている。

この宝石が――バルメーヌの言いまわしによれば――《再浮上》したのは、一九四三年二月になってからのことである。同年二月、ジャン・テラーユなる男がルイ・パニョンと称する人物にそれを売却。その後の警察調書によれば、取引はドイツマルクでおこなわれている。ついで一九四四年五月、ルイ・パニョンはフィリップ・ド・ベリューヌなる男にダイヤモンドを転売。後者の通称は、ド・パチェコ。一九一八年一月二十二日、父マリオ・ド・ハルツ、母エリアーヌ・ウェリーの子として、パリに生まれている。住所不定。

バリー伯爵夫人は一七九三年十二月、ギロチンにかけられ、セルジュ・ド・レンツは一九四五年九月に暗殺された。ルイ・パニョンは一九四四年十二月に銃殺されている。フィリップ・ド・ベリューヌはといえば、《南十字星》のごとく姿を消した。それからこの宝石は、シルヴィアの黒いセーターのうえにふたたび姿を現わし、ふたたび姿を消した。シルヴィアといっしょに……

だが、ニースの夜がふけていくにつれ、対象が身内でないかぎり調査は無理だと言い張ったあの役人は正しいと思うようになった。かりにあの男がタイプライターのカバーをはずし、事情聴取が開始されたとして、いったいシルヴィアのことや自分の身に起きた、このところのあらゆる出来事について、正確な内容をどう打ち明けられただろう？　それらの出来事は、私自身にさえあまりに断片的で継続性を欠いており、とても理解できそうになかった。だいいち、すべてを話せるわけがない。秘密にしておきたいこともある。私はときどき、切れ端がずっと塀に張りついていた、一枚の古い映画のポスターを思い浮かべる。そこにはこう書かれていたのだ。《思い出は売り物ではない》と。

私はペンション・サン・タンヌに戻った。しんとした部屋にあの音が聞こえている。いまでも眠れない夜に、ときおりよみがえってくるタイプライターの音だ。キーを叩く音はじつに速かったが、音と音のあいだが少しずつ間遠になっていった。二本の人差し指で不慣れなキーを打っているときのように。するとまた、目の前にあの警察署の役人が腰を下ろし、声を押し殺して私から調書を取っているのだった。彼の質問に応えるのはじつに大変なことだった……

すべてを、事の起こりから説明しなければならないだろう。だが最大の困難は、説明すべきことがなにひとつない、ということなのだ。そもそものはじめから、あたりの空気と書き割りの問題でしかなかったのだから……

あのころマルヌ河岸で撮影した写真を、彼に見せてみよう。モノクロの、大判の写真だ。シルヴィアの旅行鞄に入っていたものすべてといっしょにそれらは保管してある。あの晩、私はペンション・サン・タンヌの部屋のクローゼットの奥から、《河岸の水浴場》と記された厚紙のファイルを探し出したのだった。

あいだ、私はその写真を目にしていなかった。どんな細部も逃さずじっと見つめていると、すべてのはじまりであるあの場所が、ふたたび自分のなかに溶け込んでくるすっかり忘れていたそのうちの一枚が、恐怖まじりの眩惑を私に引き起こした。部屋の静寂と私自身の孤独が、それをいっそうなまなましいものにしていた。

その写真は、私がシルヴィアと知り合う数日前に撮られたものだった。マルヌ河岸によくあるレストランのひとつ。そのテラスだ。パラソル付きのテーブル。浮き桟橋。しだれ柳。思い出してみる。シュヌヴィエールのル・ヴュー・クロドッシュだろうか？ ラ・ヴァレンヌのパヴィヨン・ブルー、それともシャトー・デ・ジル・ジョシャンだろうか？ あたりの雰囲気や人々の自然さが損われないよう、私はライカを手にして身をひそめていた。

桟橋近くの奥まったテーブルに、パラソルのないものがひとつあって、ふたりの男が隣りあってそこに腰を下ろしている。穏やかな会話が交わされていた。そのうちのひとりは、ヴィルクールだった。もう一方も、すぐにわかった。ニールという名前で私たちの前に姿を現わしながら、本名をポール・アレッサンドリといった男。あの男の姿を写真のなかのマルヌ河岸に見出すとは、なんと奇妙なことだろう。やつはまるで、最初から果実に巣食っていた害虫のように、そこに座っていたのである。

そう、ル・ビーチ・ド・ラ・ヴァレンヌで、ある夏の朝、私はヴィルクールの妻シルヴィア・ウラウーと知り合ったのだ。撮影のため、数日前からマルヌ河岸にとどまっていた。小さな出版社が私の企画を受け入れてくれたのである。その本は、『河岸の水浴場』と題されることになっていた。

出版社には、私の本の範となる作品を見せておいた。W・ヴェンヌマンという写真家が三〇年代の終わりに制作した、モンテ・カルロ湾をめぐるじつにみごとな写真集だ。私の本も同じ判型にします。ページ割りもおなじにして、おなじように大半は逆光のモノクロ写真を使うんです。モンテ・カルロ湾に映える棕櫚の影や、夜、《スポルティング・ディヴェール》のきらめきと好対照をなす車体の陰翳の代わりに、郊外に点在するそうした河岸の飛び込み台や桟橋が登場するわけです。でも、光の質は変わりません。出版社の人間は、私の話をよく理解してくれなかった。

「ラ・ヴァレンヌとモンテ・カルロがおなじだと考えているわけですね?」と言われたものだ。

だが、最終的には、契約書にサインをしてくれた。若さというものを、ひとはいつだって信用するのである。


その朝、ル・ビーチ・ド・ラ・ヴァレンヌにそれほどひと影はなかった。日光浴をしていたのは彼女ひとりだったと思う。プールのへりにある滑り台で子どもたちが遊んでいた。青みがかった水のなかへ子どもたちが滑り落ちていくたびに、叫びや笑い声が聞こえた。

彼女の美しさに、私は心打たれた。そして、煙草に火を点けたり、ストローでオレンジエードの中身を吸い、グラスを置くときの、もの憂げなしぐさにも。サングラスで目を隠した彼女が、青と白の縞模様のビーチマットにあまりにも優雅に横たわっていたものだから、つい出版社の言葉を思い出してしまった。なるほどモンテ・カルロとヴァレンヌ・ビーチにたいした共通点はない。だが、その朝、私の目の前にはひとつの共通点があった。W・ヴェンヌマンがモノクロ写真であれほどみごとに雰囲気を醸し出すのに成功したモンテ・カルロ・ビーチであっても、変わらぬもの憂げな姿勢でいるところを想像できそうな、この若い女性だ。そう、彼女は景観を損ねるどころか、逆にひとつの魅力を添えたことだろう。

首からカメラをぶら下げ、最良のアングルを求めて右へ左へと私は動きまわっていた。

彼女は私の小細工に気づいた。

「写真家の方かしら？」

「ええ」

サングラスをはずし、澄んだ目で彼女は私を見つめた。子どもたちはプールから姿を消し、残っているのは私たちふたりだけだった。

「暑すぎはしません？」

「いいえ。どうしてですか？」

私は靴を履いたままで——この水浴施設では禁止されていた——、とっくりセーターを着ていたのだ。

「もう太陽はたくさん」と彼女は言った。

私は彼女について、プールの反対側へ移った。そこは蔦を這わせた高い塀の陰になっていて、ひんやりとしていた。私たちは白木の肘掛け椅子に、隣り合って腰を下ろした。彼女はタオル地のバスローブに身を包んでいた。そして、私のほうに顔をむけた。

「でも、ここでどんな写真を撮るおつもりなの？」

「あたりの様子です」

腕を大きく動かして、私は彼女に、プール、飛び込み台、滑り台、脱衣所、むこう岸の野外レストラン、オレンジ色の支柱にからんだ蔓棚、青空、背後のくすんだ緑の蔦壁を示した……

「カラー写真で撮らないほうがいいのではないかと思うんです……そのほうが、ル・ビーチ・ド・ラ・ヴァレンヌの雰囲気をよく感じられるでしょうし……」

彼女は声をあげて笑った。

「こんなところに雰囲気があるとお思いになるの？」

「思いますね」

皮肉な笑みを浮かべて、彼女は私を見つめていた。

「ふだんはどんな種類の写真を撮っていらっしゃるのかしら?」

「写真集をつくるために仕事をしてます。『河岸の水浴場』というタイトルになる予定です」

「河岸の水浴場?」

彼女は眉をひそめた。出版社を困惑させたモンテ・カルロとの対比云々の説明をする心構えはもうできていた。しかし、わざわざ事をややこしくする必要はない。

「パリ地方に残っている水浴施設を探すつもりなんです」

「たくさん見つかって?」

彼女は私に、その自然で素朴な振る舞いとおよそ釣り合わない金のシガレット・ケースを差し出した。驚いたことに、私の煙草に火まで点けてくれた。

「オワーズ河の水浴場はすべて撮影しました……リラ・ダン、ボーモン、ビュトリー・プラージュ……それからセーヌ沿いの水浴場や湯治場、ヴィレンヌ、エリザベート・ヴィル……」

どうやら、それほど近くにあるとは思いもしなかった水浴場の数々に、彼女は興味をそそられているようだった。彼女の澄んだ目が私をつらぬいた。

「ですが、結局いいなと思う場所はここなんです……」と私は彼女に言った。「探していた雰囲気にぴったりで……ラ・ヴァレンヌとその周辺の写真をたくさん撮るつもりです……」

冗談を言っているのではないことを確かめるかのように、彼女は私から目を離さなかった。

「本当にラ・ヴァレンヌが水浴場だとお考えなの?」

「ええ、少しは……あなたはどう思われますか?」

ふたたび、彼女は声をあげて笑った。とても軽やかな笑いだ。

「それで、ラ・ヴァレンヌではなにをお撮りになるのかしら?」

「ル・ビーチ……マルヌ河岸……浮き桟橋……」

「パリに住んでいらっしゃるの?」

「そうです、でも、ここのホテルに部屋を借りました。まともな写真を撮るには、少なくとも二週間は滞在しなければなりませんから……」

彼女はブレスレット式の腕時計で時間を見た。金属製の太い男物のバンドが、彼女の腕の細さを際立たせていた。

「お昼の時間に戻らなければ」と彼女は言った。「もう間に合わないけど」

彼女は地面にシガレット・ケースを置き忘れていた。私は身をかがめてそれを拾い、彼女に渡した。

「あら……それは忘れないようにしないと……夫の贈り物ですもの……」

その口調には、なんの熱意もこもっていなかった。彼女はプールのむこう側にある脱衣所のひとつへ着替えに行き、花柄のパレオに肩から大きな海水浴用のバッグをかけて戻ってきた。

「そのパレオ、すてきですね」と私は彼女に言った。「このビーチかマルヌ河岸の浮き桟橋のどこかで、パレオを着たあなたの写真を撮ってみたいな。あたりの感じとぴったりだし……」

「そうかしら？ でもパレオって、どちらかというとタヒチ風でしょう……」

そう、タヒチ風だ。ヴェンヌマンはモンテ・カルロの写真集に、三〇年代のサン・トロペの、ひと気のない浜辺の写真を何枚も添えていたが、竹に囲まれた砂浜にはパレオを着た女性が何人か横たわっていた。

「どちらかといえばタヒチ風ですね」と私は彼女に言った。「しかし、ここでも、このマルヌ河岸でも魅力的ですよ……」

「じゃあ、私にモデルになって欲しいと言うわけなのかしら？」

「できればお願いしたいです」

彼女は私に微笑んだ。私たちはル・ビーチ・ド・ラ・ヴァレンヌを出て、マルヌ河岸沿いの道路の、車道の真ん中を歩いていた。車は一台も通らなかった。ひと通りもなかった。太陽のもと、すべてが音もなく穏やかだった。色という色がみなやわらかかった。青い空、ポプラとしだれ柳の青みがかった緑。そして、いつもは重く澱んでいるマルヌ河の水も、あの日は雲や空や木々を映すほど軽やかだった。

シュヌヴィエール橋をあとにし、《プロムナード・デ・ザングレ》と呼ばれているプラタナス並木の道路の真ん中を歩いた。

カヌーが一隻、むこうの、マルヌ河を滑っていく。ほとんどばら色に近いオレンジ色のカヌーだった。彼女は私の腕を取り、カヌーが通るのを見るために、歩道のうえを岸のほうへ引っ張って行った。

彼女は一軒のヴィラの鉄柵を私に示した。

「ここに住んでるの……夫と……」

それでも勇気を出して、もう一度会っていただけますか、と彼女に言ってみた。

「毎日、十一時から一時までプールにいるわ」と彼女は応えた。

ル・ビーチ・ド・ラ・ヴァレンヌは、前日と同様、閑散としていた。彼女は白い脱衣所の前で日光浴をしている。私のほうは、あいかわらずどのアングルでこの施設を撮影しようか模索していた。できることなら、飛び込み台、脱衣所、レストランの蔓棚のテラス、マルヌ河の土手を、ひとつの画面に収めたかった。だが、土手はル・ビーチと道路で隔てられていた。

「ル・ビーチをマルヌ河岸と接するように建てなかったのは、本当に残念ですね」と私は言った。

しかし彼女は私の話を聞いてはいなかった。おそらく麦藁帽子とサングラスの下で眠っていたのだろう。彼女の隣に腰を下ろし、肩に手を置いた。

「おやすみ中ですか？」

「いいえ」

彼女はサングラスをはずした。澄んだ目で私を見つめ、微笑を浮かべていた。

「それで、ル・ビーチの写真はみな撮ってしまわれたの？」

「まだです」

「のんびりお仕事をなさるのね……」

ストローをくわえて、オレンジエードのグラスを両手で持っていた。それから、彼女はそのグラスを私に差し出した。今度は私が飲んだ。

「昼食にいらしてください」と彼女は私に言った。「お嫌でなければ、夫と義母を紹介します……」

「それは恐縮です」

「お写真のヒントになるかもしれませんし……」

「しかし、あなたは一年を通してラ・ヴァレンヌに住んでおられるのですか？」

「ええ。一年じゅう。夫と義母もいっしょです」

彼女はとつぜん、思いつめて諦めたような顔つきになった。

「ご主人はこの地方で働いておられるのですか？」

「いいえ。夫はぶらぶらしてるだけよ」

「じゃあ、お義母様《かあ》は？」

「義母《はは》ですか？　あのひとはアンジャンやヴァンセンヌの競馬場でトロッターを走らせてますわ……馬に興味はおありかしら？」

「あまり詳しいことはわかりません」

「私もよ。でも写真のお役に立つのなら、義母《はは》は喜んで競馬場へ連れていってくれると思うわ」

トロッター。写真集のためにモナコ・グランプリのスタートと、港沿いを疾走するレーシングカーを俯瞰でとらえたW・ヴェンヌマンを思い浮かべた。なんとここマルヌ河岸で、あのスポーツ・イベントに匹敵するものを見出したわけだ。これらの河岸に求めていた雰囲気を、軽やかなトロッターやソルキーほどみごとにただよわせてくれるものがありうるだろうか？


彼女は、河岸のひと気のない道路では私の腕を取っていたが、家の鉄柵の近くに来ると距離をとった。

「昼食に来てくださるの、本当にお嫌じゃありません？」と彼女が訊ねた。

「とんでもない」

「もし退屈なようだったら、いつだってお仕事があると言ってくださればいいのよ」

やさしく、奇妙な眼差しで彼女は私を包み込んでいた。私は心を動かされた。もうふたりが離れることはないだろうという気がしていた。

「夫と義母《はは》には、あなたが写真家で、ラ・ヴァレンヌの写真集をつくるおつもりだと話しておいたわ」

彼女は鉄柵を押した。芝生を横切ると、そのへりに、真壁造りの、アングロサクソン風の大きなヴィラが建っていた。それから私たちは居間に入った。居間の壁はくすんだ板張りで、肘掛け椅子が数脚、タータンチェックのカナッペがひとつ置かれている。

フランス窓のひとつから、ビーチ用のパンツを履いた女性が入ってきて、しなやかな足取りで私たちのほうへやって来た。六十歳くらいの、大柄で、グレーの髪を雌ライオンのようにあしらった女性だ。

「義母の……」とシルヴィアが言った。「マダム・ヴィルクールです」

「義母なんて呼ばないでちょうだいな。気がめいるじゃないの……」

しわがれた声で、軽いパリの下町訛りがある。

「それで、あなたが写真を撮っておられる方ね?」

「はい」

彼女はカナッぺに、シルヴィアと私は肘掛け椅子に座った。目の前の低いテーブルの真ん中に、食前酒のトレーが載っていた。

引きずるような足取りの、騎手ほどの小柄な男が私たちの前に姿を現わした。白い上着とマリンブルーのズボンを履いているので、ヨットの乗組員かボートクラブの従業員といってもおかしくはない。

「食前酒をお注ぎして」とヴィルクール夫人が命じた。

私はポート・ワインを少々、シルヴィアとヴィルクール夫人はウイスキーを選んだ。男は足を引きずりながら退いた。

「ラ・ヴァレンヌの写真をお撮りになりたいそうね」とヴィルクール夫人が訊ねた。

「ええ。ラ・ヴァレンヌとパリ周辺の河岸の水浴場をすべて撮るつもりです」

「ラ・ヴァレンヌはずいぶん変わってしまいました……すっかり死に絶えたようになってしまって……写真集のために、ラ・ヴァレンヌに関する情報がご入り用だとシルヴィアから聞いておりますけれど……」

私はシルヴィアのほうに顔をむけた。彼女は目の隅でこちらを見ている。それが私をここへ連れてくるために彼女が選んだ口実だったのだ。

「ちょうど結婚したばかりの頃にラ・ヴァレンヌを知ったのですよ……もう夫とこの家に住んではいましたがね……」

ヴィルクール夫人は二杯目のウイスキーを自分の手で注いだ。中指にエメラルドの指輪をしていた。

「当時はたくさんの俳優さんがラ・ヴァレンヌを訪れたものです……ルネ・ダリー、ジミー・ガイヤール、プレジャン……フラッテリーニ夫妻はル・ペルー・シュール・マルヌに住んでましたわ……夫はこの人たちをみな存じあげておりました……ジュール・ベリーと連れ立ってトランブレーへよく競馬をやりに行ったりしましたのよ……」

夫人は私の前でこうした名前を口に出し、思い出を呼び覚ますのに満足しているようだった。いったいシルヴィアは夫人になにを話したのだろう？　私がラ・ヴァレンヌの物語を書きたがっているとでも言ったのだろうか？

「ああいうひとたちにとっては、ここに居を構えるのが便利だったんです……ジョワンヴィルの映画撮影所が近くにありましたからね……」

この手の話だと、夫人の種は尽きないだろうという気がした。頬には赤みが差し、目は輝いている。ハイペースであおった二杯目のウイスキーのせいなのだろうか？　それとも溢れ出る思い出のせいなのだろうか？

「あなたの興味をひきそうな、じつに奇妙な話がひとつあるんですよ……」

彼女は私に微笑んでいた。顔色が艶やかになっていた。娘時代の輝きが、目もとや笑みのなかを通りすぎていく。かつてはたいへんな美人だったにちがいない。

「夫がよく知っていたべつの俳優のことなんです……エモス……レーモン・エモス……彼はこのすぐ近くの、シュヌヴィエールに住んでました……パリ解放のとき、バリケードのうえで流れ弾にやられたということになっておりましてね……」

シルヴィアは驚いた様子で聞き入っている。どうやらこれまで義母がこんな話し方をし、見知らぬ男の前でこれほどくつろぎ、これほど親しげに振る舞うのを見たことがなかったらしい。

「ところがじっさいに起こったことは、まったくそうじゃなかったんですよ……痛ましい話です……詳しくお話しいたしましょう……」

夫人は肩をすくめた。

「信じられますか、流れ弾だなんて？」

スカイブルーのズボンに白いシャツを着た、年のころ三十五歳ほどの褐色の髪をした男がやって来て、カナッペのヴィルクール夫人の隣に座った。そのとき夫人は、おそらくエモスの死の秘密を私に打ち明けようとしているところだった。

「お話が盛りあがっているところ……失礼します……」

彼はこちらに身をかがめて腕をのばした。

「フレデリック・ヴィルクールです……よろしく……シルヴィアの夫です」

シルヴィアは私を紹介するために口を開きかけた。しかし私は名前を言わせる暇を与えず、ただこう挨拶した。

「こちらこそ、よろしく……」

彼は私をじっと見つめていた。その振る舞いのすべて——ある種のくつろぎ、いくらかうぬぼれた微笑、甲高く尊大な響きのある声——が、端正な顔立ちに褐色の髪という自身の魅力を意識していることを示していた。しかしこの魅力も、手首にはめている鎖のブレスレットにぴったり調和したがさつなしぐさのおかげで、すぐに消え失せてしまった。

「母がまたいつものむかし話をいたしまして……話しはじめると、止まらないのですよ……」

「こちらの若いお方は面白がっておられますよ」とヴィルクール夫人が言った。

「ラ・ヴァレンヌの本を書いていらっしゃるんですからね……」

「そういうことでしたら、母を信用なさるといい……ラ・ヴァレンヌのことなら、なんでもござれですから……」

シルヴィアは気づまりな様子でうつむいていた。片膝に手を置き、なにかを考えているように、人差し指で膝をこすっていた。

「すぐテーブルにつけるといいんだがな」とヴィルクールが言った。「腹が減って死にそうだよ……」

シルヴィアは不安な目でこちらを見た。私を自宅にまで連れてきて、こんな女性とその息子に無理やり付き合わせたことを後悔しているみたいに。

「外で食べましょう」とヴィルクール夫人が言った。

「それは名案ですね、母さん……」

こんなふうに、気取りのある丁寧な言葉づかいが私を驚かせた。それらもまた、手首の馬鹿でかい鎖と調和していた。

白い上着を着た男が居間の戸口で待っていた。

「準備はできております、奥様」

「すぐに行くよ、ジュリアン」とよく響く声でヴィルクールが言った。

「陽よけの天蓋は張ってくれたかい?」とヴィルクール夫人が訊ねた。

「はい、奥様」

私たちは大きな芝地を横切った。シルヴィアと私は少し遅れて歩いていた。私が三人を置いて逃げてしまうのを怖れているみたいに、シルヴィアはもの問いたげな視線をこちらに投げていた。

「お招きいただいて、とても嬉しく思います」と私は彼女に言った。「とても、嬉しいです」

だが彼女はあまり安心したようには見えなかった。たぶん夫の反応が怖かったのだろう。シルヴィアはどこか軽蔑するような態度で夫を眺めていた。

「あなたが写真家だと、シルヴィアから聞きましたよ」門の鉄柵を開け、母親を通しながらヴィルクールが言った。「よろしければ、仕事をお世話しましょう……」

彼はこちらにむかって満面の笑みを浮かべていた。

「友人と大きな事業を起こすんです……そこでちらしと宣伝用の写真が必要になりそうでしてね……」

彼は部下の世話をしたがっている人物のような口調で話していた。しかしそれも無駄なことだった。手首にぶら下がっている鎖から私は目を離さなかったからだ。ヴィルクールがほのめかしている《大きな事業》が、この幅広のいかつい鎖の輪に見合うものなら、米国車の取り引きかなにかにちがいない。ほかになにがありえただろう？

「あなたに仕事の世話をしてもらう必要なんてないわ」とシルヴィアが素っ気なく言った。

家の真正面にあたる道路のむこう側の河岸で、ヴィルクールは白い柵を押した。そこにはこう記されていた。《ヴィラ・フレデリック、私有桟橋一四、プロムナード・デ・ザングレ》。

母親が私のほうに振り返った。

「マルヌ河のすばらしい眺めがご覧になれますよ……あなたはきっとここの写真をお撮りになるわ……」

岩にうがたれた段をいくつか下りた。色が赤いせいで、その岩はつくりもののように見えた。それから緑と白の縞模様の布の天蓋で覆われた、じつに広々とした桟橋に出た。そこには四人分の食器を置いたテーブルが整えられていた。

「こちらにお座りくださいな」とヴィルクール夫人が私に言った。

マルヌ河とむこう岸が見わたせる席を夫人は私に示した。彼女は私の左に腰を下ろした。シルヴィアとその夫はそれぞれテーブルの端に、つまりシルヴィアが私の側に、フレデリック・ヴィルクールが母親の側に座った。

白い上着の男は、ヴィラと桟橋を二往復して、生野菜の盛りあわせと大きな冷製の魚を一匹運んできた。暑さのせいで彼は汗をかいていた。ヴィルクールは男が行き来するたびにこう呼びかけた。

「プロムナード・デ・ザングレを横切るとき、落とさないようにな、ジュリアン」

しかし男のほうはこんな忠告に無頓着なまま、足を引きずるような歩き方で戻っていった。

私は周囲を眺めていた。天蓋が私たちを太陽から保護してくれている。陽光がマルヌ河の緑に澱んだ水面に映え、先日のル・ビーチの出口と同様、水に透明度を与えていた。正面にシュヌヴィエールの丘があり、その麓には珪石でできた大きな家々が緑のあいだに顔を出している。隠居したパリ中央市場の仲買人の家ではないかと私は想像した。

私たちが太陽から護られて食事をしているヴィラ・フレデリックの桟橋は、異論の余地なしに、このあたりで最も大きく、最も豪華なものだった。右手約二十メートルほどにあるレストラン、ル・パヴィヨン・ブルーの桟橋ですら、こちらに比べると貧相に見える。そう、ヴィラ・フレデリックの桟橋は、このマルヌ河の風景と、しだれ柳や澱んだ水や釣り人用の堤防と、奇妙な対照をなしていた。

「眺めはお気に召しましたか？」とヴィルクール夫人が私に訊ねた。

「とても気に入りました」

奇妙な対照性。ちょうどカリフォルニアの大金持ちが石をひとつひとつ自分の国へ運ばせたあの中世の城のように、郊外に運ばれたコート・ダジュールの飛び領土で昼食をとっているような気がした。浮き桟橋の前にある岩はカシーの入江を髣髴とさせるし、頭上の天蓋にはモナコ公国風の威厳があって、W・ヴェンヌマンの写真集に収録しても不思議ではないほどだ。それを見ていると、またヴェニスのリドを思い出した。桟橋に小型のモーターボートが一艘つながれているのに気づいたとき、私の印象はなおのこと強まった。

「あのモーターボートは、あなたのですか？」と私はヴィルクール夫人に訊ねた。

「いえ……いえ……息子のですよ……禁止されてるっていうのに、うちの馬鹿息子はマルヌ河にあの船を走らせて喜んでいるんですからね」

「意地悪なこと言わないでくださいよ、母さん……」

「いずれにしても」とシルヴィアが口をはさんだ。「モーターボートは泥だらけの水じゃ前に進めないわ……」

「それはちがうな、シルヴィア」とヴィルクールが反論した。

「正真正銘の沼ですもの……水上スキーをしたくても、スキーが水銀のなかみたいに泥につかまって、マルヌ河の真ん中で動けなくなってしまうわ……」

シルヴィアはヴィルクールをじっと見つめながら、有無を言わせぬ調子でそんな台詞を口にした。

「馬鹿言わないでくれよ、シルヴィア……モーターボートだって水上スキーだって、マルヌ河でちゃんとできるさ……」

ヴィルクールは痛いところを突かれていた。どうやら彼はこのモーターボートを非常に大切にしているらしい。彼は私のほうを振り返った。

「彼女がよく行くのは、すっかりうらぶれたル・ビーチでしてね……」

「とんでもない」と私は彼に言った。「ル・ビーチ・ド・ラ・ヴァレンヌは、うらぶれてなんかいませんよ。大いに魅力的だと思います」

「本当ですか？」

シルヴィアと私がなにかを示し合わせている証拠を押さえようとするみたいに、彼は私たちを交互に見つめた。

「そう、まったく馬鹿もいいとこですよ、このモーターボートは」とヴィルクール夫人が言う。「処分してしまうべきだわね……」

ヴィルクールは応えなかった。煙草に火をつけ、憮然としていた。

「それで、このあたりの河岸の水浴場としては、どんなものが見つかりましたか？」とヴィルクール夫人が私に訊ねた。

水面に反射した陽光に、彼女は目をしばたかせている。夫人は黒い大きなサングラスをかけていた。

「あなたが写真のために探していらっしゃるのは、それでしたわね？　河岸の水浴場でしょう?」

雌ライオンのような顔、黒いサングラス、昼食中にたしなんだウイスキーのせいで、彼女の物腰は、エデン・ロックで保養中のアメリカ人女性といってもおかしくなかった。だが、私たちを取り巻く岩やモーターボートや天蓋に覆われた浮き桟橋など、これらコート・ダジュール的アクセサリーのすべてと夫人のあいだには、ひとつの相違点があった。ヴィルクール夫人はマルヌ河岸の景色に調和し、その景色に似ていたのだ。しわがれた声のせいだったのだろうか?

「そうです、河岸の水浴場を探しています」と私は言った。

「子どもの頃には、よくそこの、シェルのほうの水浴場へ出かけたものでしたね……グルネイ・シュール・マルヌの水浴場……あそこは《小ドーヴィル》と呼ばれていました……砂と布のテントがあって……」

ということは、夫人はこの土地で生まれ育ったのか?

「でも、もうそんなものは残ってませんよ、母さん」とヴィルクールが肩をすくめて言った。

「見に行かれましたか?」ヴィルクール夫人は息子にかまわず私に訊ねた。

「いえ、まだです」

「いまでもきっとあると思いますよ」とヴィルクール夫人がつづける。

「私もあると思うわ」と、ヴィルクールの視線に耐えながら、シルヴィアが勇んで付け足した。

「ジョワンヴィルには、ベールトロという水浴場もあったわね……」と夫人は言った。

彼女はじっくり考えて、指折り数えようとする。

「それにデュシェ、サン・モーリス・プラージュのレストラン……おなじくサン・モーリスにあったルージュ島の砂州……あとはオ・コルボ島……」

左手の人差し指で、右手の指を一本ずつ倒していく。

「メゾン・ザルフォールの河岸にあるホテルのレストラン……シャンピニーの水浴場はガリエッニ河岸でしたね……シュヌヴィエールのル・パルム・ビーチにル・リド……みんなそらで言えますよ……この地方の生まれですから……」

彼女は少しのあいだ黒いサングラスをはずして、私をやさしく見つめた。

「ほらごらんなさい、仕事はいくらでもあるじゃありませんか……ここは本当にリヴィエラのようですからね……」

「でもそんな場所はもうみんな消えてしまいましたよ、母さん」話を聞いてもらえない者特有の邪険さでヴィルクールが繰り返した。

「それがどうしたんだい？　夢を見る権利くらいはあるんじゃないかい？」

彼女が息子にむかって、こんな乱暴な答え方をしたことに私は驚いた。

「そうよ、夢見る権利はあるわ」と、シルヴィアは澄んだ声で夫人の言葉を復誦したが、いくらか引きずるような声の抑揚は、これらマルヌ河岸やヴィルクール夫人が思い出してくれたすべての水浴場と、みごとに調和していた。


「明日にでもそのダイヤをごらんになれますよ、母さん」とヴィルクールが言った。「まったく桁はずれの逸品です……これほどの取り引きを逃すなんて、もってのほかですね……《南十字星》っていう名前がついてるんです……」

テーブルに肘をついて、彼は話の説得力を高めようとしていた。だが、母親は黒いサングラスに視線を隠し、泰然として動かず、彼方の、シュヌヴィエールのくすんだ緑の丘に焦点を合わせているように思われた。

シルヴィアが目の隅で私を見守っていた。

「お見せしますからね」とヴィルクールがつづけた。「由来もちゃんとしているし……またとない宝石です……」

鎖のブレスレットをしてマルヌ河にモーターボートを浮かべているこの若者は、宝石商、あるいは宝石ブローカーだったのか？　観察してみたところでしょうがない。彼に商才があるとは思えなかったから。

「売り手が一週間ほど前ここへ会いに来ましてね」とヴィルクールが言う。「早急に決断しないと、この話は僕らの手からこぼれ落ちてしまいますよ……」

「ダイヤモンドをどうしろって言うんだね？」とヴィルクール夫人が応じた。「もうそんなもの身につける年でもあるまいし……」

ヴィルクールは声をあげて笑った。証人になってくれといわんばかりに、彼はシルヴィアと私を見ていた。

「いや、そうじゃありませんよ、母さん、身につけるんじゃなくて……手ごろな値段で買い取って、倍額で転売するんです……」

今度はヴィルクール夫人が息子のほうをむいて、ゆっくりと黒いサングラスをはずした。

「馬鹿なことを言って……家具や宝石は転売すれば損するものですよ……いいかい、おまえに実業家の素質はないように思うがね……」

彼女の口調はさげすむようでもあり、愛情に満ちているようでもあった。

「そうでしょう、シルヴィア、フレデリックは宝石なんぞにかかわらないほうがいいんじゃないかね？　おまえね、簡単な仕事じゃないんだよ……」

ヴィルクールは身体をこわばらせた。平静を保つのが辛そうだった。顔をそむけさえした。私はといえば、もう彼の鎖のブレスレットではなく、運転手の過ちでマルヌ河の重い溜まり水に迷い込んできた、あのきらめくモーターボートを眺めていた。

ヴィルクールが手を付けようとしている事業のひとつひとつが、彼のしぐさのひとつひとつが、そしてどんなにささいな決断もが、似たような失敗へと到り着く運命にあるのではないかと思った。そういう男が、シルヴィアの夫だったのだ。


背後から足音が聞こえたと思ったら、ヴィルクールとおなじ年かさの男が桟橋に姿を現わした。ベージュ地の背広に鹿革の靴といういでたちで、ひどい奥目の、雄羊のように頑固そうな額をした中背の男だった。

「母さん、ルネ・ジュールダンです……」

ヴィルクールはこの新顔の来訪を大袈裟といっていいほどの敬意をこめて母親に告げた。鹿革の靴を履き、雄羊のような顔でうつろな目をしたこのルネ・ジュールダンという名の男が、あたかもひとかどの人物であるかのように。

「どなたですって？」とヴィルクール夫人は顔を少しも動かさずに問い返した。

「ルネ・ジュールダンです、母さん……」

男はヴィルクール夫人に手を差し出した。

「はじめまして……」

だが、彼女は男の手を取らなかった。黒いサングラスをかけ、盲人のような無関心で男に対していた。

男はそれからシルヴィアに手を差し出した。シルヴィアは無愛想に、あまり気を入れずにそれを握った。それから彼は私に会釈した。

「こちらがルネ・ジュールダン……」とヴィルクールが口を開いた。「友人です……」

ヴィルクールは友人に、私の前の空いている椅子を示した。男はそこに座った。

「ルネ、ちょうどダイヤモンドの話をしていたところなんだ。あれはすばらしいものだろ？」

「素晴らしいものだね」眼差しとおなじくらいうつろな微笑をちらりと浮かべて男は

応えた。

　ヴィルクールは母親のほうに身を乗り出した。

「そのダイヤモンドを売りたいという男は、ルネ・ジュールダンの友人なんです」

　彼はそれをまるで『ゴタ貴族名鑑』にでも記されている文言のように口にした。

「もうダイヤモンドなんぞ身につける年じゃないと言い聞かせていたところなんですよ」

「それは残念ですね。あのダイヤモンドなら、あなたをきっと狂喜させると思いますよ……歴史的な宝石なんです……由来もしっかりしています……通称《南十字星》と言いまして……」

「僕を信用してくださいよ、母さん。元手を出してくだされば、転売して倍額にしてみせますから」

「フレデリック、おまえときたら……で、そのダイヤの出所は？　強盗でもしてきたのかい？」

　羊顔の男が鋭い笑いを洩らした。

「とんでもありません……遺産ですよ……友人がそれを手放そうとしているのは、流動資産が必要になったためです……ニースで不動産会社を経営してましてね……参考になりそうなことはすべてお教えいたします……」

「宝石をごらんになることはできるんですよ、母さん。ご自分の目で確かめてから決めてくださらなきゃ……」

「わかりましたよ」と疲れた声でヴィルクール夫人は言った。「その《南十字星》とやらを見せておくれ……」

「明日にも、母さん？」

「明日で結構よ」

彼女はもの思わしげにかぶりを振った。

「ちょっと来てくれないか、ルネ」とヴィルクールが言った。「仕事の進め方を検討しなきゃならないから……」

ヴィルクールは腰をあげると私の前に立った。

「たぶんあなたにも興味がおありでしょう……シェヌヴィエールの先のマルヌ河に浮かぶ小さな中之島を、全面的にいじりなおしているところなんですよ……プールとナイトクラブを建設しようと考えてるんです……でもまあ、シルヴィアが話してくれるでしょう……あなたにはなんでも打ち明けるようですからね……」

ヴィルクールはとつぜん攻撃的になっていた。私は応じなかった。シルヴィアの身体に彼のずんぐりした指が置かれているのを想像すると、気分が悪くなる。取っ組み合いにでもなったら、その指にだけは触るまいと思うほどに。

鹿革の靴を履いた羊顔の男を従えて、ヴィルクールは桟橋の梯子を下りた。それから彼らはモーターボートに隣り合って座り、ヴィルクールが神経質そうなしぐさでエンジンをかけた。モーターボートはあっという間にシュヌヴィエールのカーブの先で姿を消した。だが、水はあまりに重く、背後に泡を残したりしなかった。


ヴィルクール夫人はながいあいだ黙っていた。それからシルヴィアのほうに目をやった。

「コーヒーを持ってくるように言って来てくれないかい？」

「わかりました……」

シルヴィアは立ちあがり、私のうしろを通るとき、両手でそっと肩を押した。彼女は戻ってきてくれるのだろうか、それとも午後の残りを、義母とふたりきりにしておくつもりなのだろうか。今度は私がそう案ずる番だった。

「陽の当たるほうに席を移してもいいんじゃないかしらね」とヴィルクール夫人が私に言った。

私たちは桟橋の端の、青い布地のふたつの大きな肘掛け椅子に座った。彼女はなにも言わなかった。黒いサングラスのむこうで、マルヌ河の水をじっと見つめている。なにを考えているのか？　期待している満足感をかならずしも与えてくれない子どもたちのことだろうか？

「で、ラ・ヴァレンヌに関するあなたのお写真というのは？」と、礼儀上、沈黙を破りたかったとでも言うように、彼女が訊ねた。

「モノクロ写真になるはずです」と私は彼女に答えた。

「モノクロでお撮りになるのは正しいことだわ」

彼女のきっぱりした口調に私は驚いた。

「ぜんぶ黒でお撮りになればもっとよろしいでしょうね。ひとつあなたに言っておきたいことがあるんですよ……」

彼女はちょっと言いよどんだ。

「このマルヌ河岸はどこも哀しい場所です……もちろん太陽がありますから、ひとの目は欺かれますよ……このあたりをよく知っているのなら話はべつですけれども……

マルヌ河岸は不幸をもたらすんです……夫はマルヌ河岸で、不可解な自動車事故に遭って死にました……息子はここで生まれ育ちましたが、ぐうたらになってしまいましてね……私はこの気のめいるような風景のなかで、たったひとり老いさらばえていくんです……」

そんなことを洗いざらい私に打ち明けながら、夫人は平静を保っていた。口調はざっくばらんにさえなっていた。

「悲観的に物を見すぎていはしませんか?」と私は彼女に言った。

「とんでもない……あなたはきっと雰囲気に敏感な方でいらっしゃるだろうから、私の話をわかってくださると思いますわ……写真はできるだけ暗く撮ってごらんなさい……」

「やってみます」と私は彼女に応えた。

「ここマルヌ河岸には、いつもどこか薄汚れて、卑劣なところがありました……ラ・ヴァレンヌのこういうヴィラが、みなどんな金で建てられたかご存じですか? 娘たちがいかがわしい宿で春をひさいで稼いだお金です……そうした店の女衒《ぜげん》や女将が隠居する場所だったんです……自分がなにを言わんとしているか、それはよくわかっています……」

　彼女は急に口をつぐんだ。なにかを思いめぐらしているようだった。

「マルヌ河岸の周辺にはいつもいかがわしい連中が出入りしていました……ことに戦時中は……お話ししましたわね、あのかわいそうなエモスのことを……夫は彼をとても可愛がっておりました……エモスはシュヌヴィエールに住んでいたんです……パリ解放のさなか、彼はバリケード上で亡くなって……」

　彼女はあいかわらずまっすぐ目の前を、たぶんそのエモスが住んでいたというシュヌヴィエールの丘を見つめている。

「流れ弾に当たったと言われてますが……そうじゃありません……片を付けられたんです……戦時中シャンピニーやラ・ヴァレンヌに通っていた連中のしわざです……エモスは彼らを知っていました……連中について多くのことを知っていたんです……場末の宿で彼らの話を耳に入れていましたからね……」


　シルヴィアが私たちにコーヒーを注いでくれた。それからヴィルクール夫人は名残り惜しそうに腰をあげて、私に手を差しのべた。

「お近づきになれてよかったわ……」

彼女はシルヴィアの額にキスをした。

「私はひと寝入りしてきますからね……」

階段がはじまる赤い岩のところまで、私は彼女に付き添った。

「マルヌ河岸のことをいろいろ教えていただいて、ありがとうございました」と私は彼女に言った。

「ほかにお知りになりたいことがおありでしたら、会いにいらっしゃい。でももう、あなたはきっとこのあたりの雰囲気になじんでおられますわね……ちゃんと暗い写真を撮ってくださいよ……暗い写真をね……」

彼女は《暗い》という言葉の音節を、パリ訛りで強調した。

「変わった女性ですね」と私はシルヴィアに言った。

私たちは桟橋のへりの踏み板に腰を下ろし、彼女は私の肩に頭をあずけていた。

「で、私も変な女だと思う?」

彼女が私に打ち解けた話し方をしてくれたのは、これがはじめてだった。

ふたりとも桟橋の上でじっとして、マルヌ河の真ん中を滑っていく、この前とおなじカヌーを目で追っていた。水はもうよどんでおらず、さざなみが走っていた。

そのカヌーを運び、軽やかに走らせ、ひと掻きのながい、よくリズムのとれたオールの動きに勢いを与えているのは、マルヌ河の流れだった。太陽のもとで、そのざわめきが私たちの耳に届いた。


薄闇が少しずつ部屋を浸していることに、私たちは気づかなかった。シルヴィアはブレスレット型の腕時計を見た。

「夕食に遅れてしまうわ。義母《はは》と夫がもう私を待ってるはずよ」

彼女は起きあがった。枕を引っ繰り返し、シーツをかきわけた。

「イヤリングをなくしちゃった」

それから彼女はキャビネットの鏡の前で服を着た。緑色のスパッツにウエストを締めつける赤い生地のスカートを身につけ、ベッドの端に腰掛けてズック靴を履いた。

「あのひとたちがトランプをやるんなら、すぐに戻れるわ……でなければ明日の朝……」

シルヴィアはうしろ手にそっとドアを閉めた。バルコニーに出て、ラ・ヴァレンヌ河岸に沿って歩いていく彼女の軽やかなシルエットと薄闇のなかの赤いスカートを、私は目で追った。


部屋のベッドに横になって、私は終日シルヴィアを待っていた。鎧戸を透かして、陽光が壁やシルヴィアの肌に金色の染みを描き出していた。下の、ホテルの前の三本のプラタナスのもとで、おなじ顔ぶれが夜遅くまでペタンクをつづけている。歓声が私たちのところまで聞こえた。彼らは木の枝にいくつも電球をぶらさげていた。その光がまた鎧戸から入り込み、暗がりのなかで、太陽の光よりずっと鮮明な縞目を壁に映し出すのだった。シルヴィアの青い瞳。赤いドレス。褐色の髪。あとになって、ずっとあとになって、その鮮やかな色は褪せてしまい、私はもうそれらをモノクロでしか見られなくなっていた――ヴィルクール夫人が言ったように。

シルヴィアが明け方まで私といられることも何度かあった。彼女の夫は、鹿革の靴を履いた、羊顔のうつろな目をした男と、ダイヤモンドを売りたいという男を連れて旅に出ていた。売り主はシルヴィアの知らない人物だったが、ジュールダンと夫の会話には、しばしばポールという男の名前がのぼっていた。

ある朝、はっと目を覚ました。誰かが部屋のドアの把手をまわしていた。シルヴィアが私のところへ来る時間を見つけられそうなときには、絶対ドアに鍵を掛けておかなかったのだ。彼女が入ってきた。私は手探りでスイッチを探した。

「だめ……つけないで……」

彼女が手をのばしたのは、枕もとの電灯の光から身を護るためだと最初は思った。そうではなかった。彼女は顔を隠したかったのだ。髪はぼさぼさで、頬には切り傷が走り、血が出ていた。

「夫よ……」

彼女はベッドの縁に倒れ込んだ。頬の血を拭いてやるハンカチがなかった。

「夫と喧嘩したの……」

彼女は私の隣で横になった。ヴィルクールのずんぐりした指、シルヴィアの顔をぶった太くて短い腕……それを思うと吐き気がする。

「でもあのひとと喧嘩するのはこれでおしまい……ねえ、ふたりで逃げるのよ」

「逃げる？」

「そう、あなたとふたりで。下に車があるわ」

「でも、逃げるってどこへ？」

「見て……ダイヤモンドを黙って持ってきたの……」

彼女はブラウスに手を入れ、首の周りにひどく細い鎖でつながれたダイヤを私に見せた。

「これがあればお金には困らないわ……」

シルヴィアは首から鎖をはずして私の手にそっと滑り込ませた。

「持ってて」

私はそれをナイトテーブルに置いた。血の出ているシルヴィアの頬の傷とおなじように、そのダイヤモンドが怖かった。

「もう私たちのものよ」とシルヴィアが言った。

「本当にそれを盗む必要があると思う？」

シルヴィアは私の言葉を聞いていないようだった。

「ジュールダンともうひとりの男が、どういうわけだ、って夫につめ寄るのよ……このダイヤモンドを返さないかぎり、夫は解放してもらえないわ……」

誰かがドアのむこうで聞き耳を立てているかのように、シルヴィアは小声で話している。

「でも夫はこれを返せない……あの連中は夫に高いつけを払わせる……そうすれば、悪い付き合いをしてたってことがわかるはずだわ……」

顔を私に近づけ、この最後のひとことを耳もとでささやいた。シルヴィアはまっすぐ私の目を見つめた。

「そうして、私は未亡人になるのよ……」

その瞬間、私たちは度はずれた、ヒステリックな笑いに揺すられた。シルヴィアはまた私に近づき、枕もとのランプを消した。


車は、際限なくペタンクがおこなわれていたホテルの前の、プラタナスの下に停められていた。遊んでいた人たちの姿はもうなかった。木々にかけられた電球も消されていた。シルヴィアが運転したいというので彼女が運転席に座り、私が助手席に座った。旅行鞄がひとつ、後部座席に斜めに置かれていた。

最後にもう一度、ラ・ヴァレンヌ河岸に沿って走った。記憶のなかの車は、スローモーションで走っている。マルヌ河の真ん中の小さな中之島に、丈の高い草、柱廊、シーソーといっしょにポプラが垣間見えた。ずいぶん前、水が毒される前には、あそこまで泳いで行けたのだ。対岸にはシュヌヴィエールの丘がこんもりと薄暗く見えていた。これを最後とばかりに珪石でできた一戸建てが次々に現われ、ノルマンディー風のヴィラ、シャレー、娘たちが身体を売って稼いだ金で今世紀初頭に建てられたバンガローがつづいていく……その庭には、どこも一本の菩提樹が植えられていた。マルヌ・スポーツ・サークルの大きな倉庫。ル・シャトー・デ・ジル・ジョシャンの鉄柵と公園……

右折する前に、最後にもう一度、すべてがそこではじまったル・ビーチ・ド・ラ・ヴァレンヌを通る。飛び込み台、脱衣所、月明かりの蔓棚。子どもの頃、夏にはあれほど夢のようだった舞台装置もその夜は永遠に沈黙し、人っ子ひとりいなかった。

人生のあの瞬間からだ。私たちが苦悩を、ぼんやりした罪悪感を、そしてはっきりとはわからないけれど、なにかから逃れなければならないという確信を得たのは。あのときの逃避行は私たちをずいぶんいろんな場所へ引きずりまわしたあげく、ここニースで終結した。

シルヴィアが隣に横たわっていたとき、私は指でダイヤモンドをつまんだり、彼女の肌のうえで輝くのを見つめたりしながら、それがふたりに不幸をもたらしているのだとつぶやかずにいられなかった。いや、そうじゃない。私たちの前にも、他の多くの人々がこのダイヤモンドのために戦ってきたのだし、私たちのあとの多くの人々にも、それを首にぶら下げたり指でつまんだりするときが訪れるだろう。過ぎゆく時間や背後に残してきた死者たちに対して、無情に、そして無関心に、このダイヤモンドは幾世紀も生きのびていくのだ。そうじゃない。私たちの苦悩は青く輝くこの冷たい宝石の手触りではなく、人生そのものに由来しているのだ。

だが、はじめの頃、ラ・ヴァレンヌを去った直後の私たちには、短い休息と至福の時期があった。ラ・ボールでの八月。私たちはリラ大通りの不動産屋をつうじて、ベビーゴルフ場のへりにある部屋を借りた。真夜中近くまで遊んでいる人々の話し声や笑い声が切れ切れに届いて、私たちの気持ちを和らげてくれた。松の木の下の、ゴルフクラブや白いボールを配っている緑色のスレートぶきの屋根のあるカウンター前のテーブルまで、誰の注意もひかずに一杯やりに出たものだ。

あの夏はひどく暑かった。ここならまず誰にも見つからないと私たちは確信していた。午後になると土手沿いに歩き、浜辺の、ひと混みのいちばん激しい場所に目をつける。それからその浜辺に下りて、ビーチマットに横たわれるだけの小さな空き地を探す。日焼け止めの竜涎香がにおうひと混みにまぎれていたあのときほど、私たちが幸せだったことはない。周囲で子どもたちが砂の城をつくり、アイスクリーム売りが身体をまたぎながら、いかがですかと歩いてまわっていた。私たちに特別なところはまったくなかったし、他人と区別されるようなものはなにひとつなかったのだ——あの八月の日曜日には。

訳者あとがき

本書は、Patrick Modiano, *Dimanches d'août*, Gallimard, Paris, 1986 の全訳である。訳出にあたっては、一九八九年刊行のフォリオ叢書版を用いた。

＊

パトリック・モディアノの小説は、過去十年ほどのあいだにかなりの作品が邦訳されているので、ユダヤ人としてのモディアノの出自や、父親との関係を主軸とするその私小説的な主題の変奏について、あらためて贅言《ぜいげん》を弄する必要はないだろう。ただ、十七年前の作品をいまあえて紹介するのは、九〇年代に入って顕著になってきた、輪郭の薄い、幼少時のトラウマを解き放つためだけとも思えるふわふわした語りの魅力を認めながらも、いまだミステリ仕立ての筋書きを残していた八〇年代の作品群にひとりの読者としてよりつよい愛着があるからだということを、まず最初に記しておきたいと思う。

さて、本書『八月の日曜日』は、モディアノの基調をなす主題と手法が、無理のない形できれいに出そろった佳品である。平明な言葉と少々くどいくらいの同語反復、語りの時間軸の複雑にして精妙なゆがみ、そして、モディアノの他の小説の世界とすんなり重なる、じつにあやしげな登場人物。彼らはみな安定した職業にはついていない、というよりつくことのできない渡り鳥のような人間ばかりだ。いまでこそガレージを仕切っているけれど、語り手の「私」もかつてはなんの束縛もない《芸術》写真家だったし、ニースで七年ぶりに出会ったヴィルクールも、若い頃からブローカーまがいの仕事に手を出し、ひとつとしてものにできずにいる見かけ倒しの弱者である。いや、ヴィルクールだけでなく、この作品に顔を出す連中が身体からただよわせているにおいは、すべて同質のものだ。革製品の屋台売り、暇を持てあましているアメリカ大使、そして外交官ナンバーの車を乗りまわし、「私」とシルヴィアを罠にはめたニール夫妻。その夫ヴァージルが、じつは「私」がなにげなくマルヌ河岸で撮影した写真のなかの男と同一人物で、しかもその男ポールは、物語の主要な舞台となるニースの、シャトー・アジュール専属の庭師の息子であったことが明かされていく後半の展開には、「私」が述懐するとおり、まさにリンゴのなかに巣食っていた虫がひょいと現われたような居心地の悪さがある。

居心地の悪さと言えば、「私」とむすばれるシルヴィアと、マルヌ河岸にかつての娼婦や女衒《ぜげん》たちが建てた家々のいわれを語ってふいに口をつぐむヴィルクール夫人もそうだ。彼女は若い頃、ラ・ヴァレンヌに隣接するジョワンヴィルの映画撮影所に出入りしていた女優の卵であったとしてもおかしくはない美しさを保っているのだが、「私」との会話には、彼女もまた、スクリーン上の幻想ではなく身体を売るほうに甘んじていた女性のひとりだったのではないかと、そんなことすら疑わせる悲しげな色調がある。マルヌ河岸沿いの浮き桟橋に設営されたテーブルで「私」とかわされるモノクローム写真についての対話は、本作の隠れた名場面だ。白黒の対比と反転は、物語ぜんたいの特徴なのである。

そのくすんだ白黒の世界を引き裂いて輝く要素が、しかし本書にはふたつある。ひとつは地中海とマルヌ河岸に照り輝く陽光であり、もうひとつは《南十字星》Le Croix du Sudと名付けられた、不吉ないわれのある巨大なダイヤモンドの屈折光だ。ことに、作中人物のひとりとも言える《南十字星》は、あきらかにジュール・ヴェルヌの『南十字星』*L'Etoile du Sud*への、文学的目配せになっている。一八八四年に発表されたヴェルヌの小説の舞台は、東南アフリカ。フランスからダイヤモンドの原産地へ派遣された青年技師が、当地で得た地学的な補足情報をもとに化学実験をおこない、巨大な人工ダイヤモンドの製造に成功する。これが一度かぎりの奇蹟ではなく恒常的に生産できれば、ダイヤモンドの市場価値は暴落し、鉱山で働く者たちは一挙にその職を失いかねない。そんな不安にかられた人々の圧力を受けながら、青年技師は、画期的な製造法を文書にまとめ、本国に送る決心を固める。しかし現物のほうは、有力な鉱山所有者の娘である恋人に進呈してしまう。貧富の差を理由に、父親は青年技師と娘の結婚を認めなかったからだ。娘のものは、父親のものになる。気をよくした父親は、《南十字星》と名付けられたその宝石の秘密を隠したまま、自分の鉱山で出たまぎれもない世界一のダイヤモンドとして関係者に披露する。

だが、その宴のさなか、《南十字星》は忽然と消えた。時をおなじくして姿をくらましていた青年の助手が犯人と断定され、この助手と失われた宝石を求めての追跡劇が開始される。しかも、最初に見つけた者に娘を譲るという所有者のただしつきだ。ヴェルヌの小説はミステリでもあるので、これ以上の筋書きを語るのは差し控えておくが、《南十字星》が「ほんとうに人造ダイヤなのか」という、裏返しの真贋の判定が主題ともなっていること、また、最後に劇的な決着がつけられていることだけは指摘しておこう。『八月の日曜日』に引用されている『宝石辞典』の該当頁に、もちろんヴェルヌの《南十字星》への言及はない。だが、モディアノの脳裏には、不幸をもたらすわざわいの石として、十九世紀の冒険活劇の影がよぎったのではないか。真贋のほどはともかく、ヴェルヌの小説では、青年技師と鉱山主の娘の恋愛の正否が人造ダイヤの追跡にかかってくるという設定になっており、「私」とシルヴィアのあいだに謎めいた宝石の影が落ちるのも、その影響下にあるとさえ感じられる。ダイヤモンドは、淀んだ水と強い夏の陽射しが織りなすマルヌ河岸と、紺碧の地中海を従えたニースをつなぐ鍵でもあるのだ。

『八月の日曜日』には、もうひとつ重要な参照物がある。レイモン・ラディゲの『肉体の悪魔』だ。第一次世界大戦中のマルヌ河岸と、モディアノが描いた一九八〇年代のそれにおおきな相違はあるにせよ、この小説に描かれたマルヌ河の不吉な空気は、本書ときわどく接触している。「私」がシルヴィアを連れて落ちのびる場所を探しながら南へむかい、大西洋岸の保養地ラ・ボールのペンションで不安を抱えながら楽しんだあのはかない《休暇》は、早熟で醒めきったふりをしている少年と、まだ二十歳前の若い人妻マルトとの恋を可能にした四年間の《ながい休暇》を喚起せずにはいない。

婚約者のいるマルトに出会い、結婚後、ふたたび戦場に出ていった夫の留守中、少年ははじめて、マルヌ河に通じる道の途中の、マルトの家を訪ねていく。彼らの情事は、この家のベッドと、マルヌの左岸で重ねられる。

僕はマルヌ川の左岸が大好きだったので、この好きな左岸が見渡せるようにと、全然趣の違う向こう岸にしばしば行ったものだった。左岸には閑居を楽しんでいる人たちが住んでいたのに反して、右岸は感じがもっと強烈で、野菜栽培者や農夫が住んでいた。僕たちは小舟を木につなぎ、麦畑に寝ころがりに行った。畑は、夕方の微風にざわめいていた。僕たちのエゴイズムは、この隠れ場所で、ちょうどジャックを犠牲にしたように、麦を恋の楽しみの犠牲にして、その被害など全然忘れ去っていた。

（新庄嘉章訳、新潮文庫）

マルトが妊娠し、産褥《さんじょく》で彼女が亡くなるという悲劇を悲劇と見ない少年の、まともな読者なら、哀しみと悔悟で張り裂けそうになっていることがすぐにわかる美しいやせ我慢で物語は終わっているのだが、マルヌ河流域は、この作品を機に、文学の世界においてなんとも形容しがたい独特の「雰囲気」を醸し出すようになっていく。『八月の日曜日』が『肉体の悪魔』の重力圏内に位置していることを疑う要素は、どこにもない。左岸で閑居を楽しんでいる人々の姿はヴィルクール夫人の独語を呼び寄せ、セーヌとマルヌ、純真と悪意、大人と子どもの二項対立を超えた混交は、模造ダイヤモンドに似た妖しい光のなかでニースとラ・ヴァレンヌの対比に重なり合う。海と河のちがいこそあれ、コート・ダジュールとマルヌ河岸には、いずれもイギリス人たちの散歩道と呼ばれるプロムナード・デ・ザングレが引かれているし、まっとうでない連中がたむろしているところにも共通項が見出されるだろう。あまりにもかけはなれていて、通常はむすびつきさえしない空間どうしが、記憶の圧力に押されて接触し、ショートする。五感がそっくりべつの時間の、べつの場所でのそれに通底し、めまいを引き起こす。

そのとき、モディアノの主人公がつねづね怖れている「置き去り」状態が発生する。遊びから帰ると、父がいない。母がいない。兄のように、姉のように思っていた出入りの若者たちがいない。たったひとり、あるいは弟とふたり取り残されて、モディアノの語り手は、いつも真っ白な現実にむきあわなくてはならない。『八月の日曜日』では、レストランから出ると、ニール夫妻とシルヴィアの乗った車がいなくなっていた。彼らはいったいどこへ消えたのか？　シルヴィアは無事なのか、それともなんらかのかたちで始末されてしまったのか？　誰が悪いと責めることもできず、主人公はその折の衝撃のぶりかえしに怯えつづける。「胸の疼き」は、空白のまえで立ち止まったときに立ちあがってくる既視感をまえにした、ほとんど身体的な反応だが、謎の解決は、愛した女性の肌のにおいだけを残して、全身をゆるがすこの既視感に屈して放置される。だからこそ、マルヌ河の瘴気を払い、ニースへむかうまえの夏の日々の、期待と不安が奇蹟的に等価となる頁を読み返すたびに、読者は、「私」とシルヴィアの逃避行を生き直すことになるのだ。そのとき感じる「胸の疼き」は、もはや主人公だけのものではなく、私たちにも与えられた厳しい試練となり、またこのうえない喜びとなるだろう。

＊

本書の訳稿がいちおうの形を整えたのは、十年以上もまえのことである。刊行には至らなかったものの、一九八〇年代後半までの作品群にたいする思い入れの、きわめて私的な理由付けだけは、拙著『書かれる手』（平凡社、二〇〇〇）に収録した「濃密な淡彩――パトリック・モディアノ論のための覚え書き」に刻むことができた。この間、多くの人々からじつに貴重な助言と励ましを得てきたが、とりわけ、節目節目でお世話になった早稲田大学の江中直紀氏、慶応大学の木俣章氏、東京大学の野崎歓氏には、この場を借りて心からの感謝を記しておきたい。また、眠っていた訳稿に光を当て、繊細な校閲と静かな装幀で美しい本に仕上げてくださった水声社の小川純子さんにも、深く御礼申しあげる。

堀江敏幸

二〇〇三年六月

著者について――

パトリック・モディアノ（Patrick Modiano）

一九四五年、パリ近郊ブーローニュ＝ビヤンクール生まれ。一九六八年、二十二歳の若さで発表した『エトワール広場』で鮮烈にデビューし、『パリ環状通り』（一九七二）でアカデミー・フランセーズ大賞を、『暗いブティック通り』（一九七八、邦訳、講談社、一九七九）でゴンクール賞を受賞。そのほか、『一九四一年。パリの尋ね人』（一九九七、邦訳、作品社、一九九八）など多数の小説を発表している。映画化された作品として、『イヴォンヌの香り』（一九七五、監督＝パトリス・ルコント、邦訳、集英社、一九九四）、『ルシアンの青春』（一九七四、監督＝ルイ・マル）がある。

訳者について――

堀江敏幸（ほりえ・としゆき）

一九六四年、岐阜県生まれ。作家・仏文学者。現在、明治大学助教授。主な著書として、『郊外へ』（一九九五、白水社）、『おぱらばん』（一九九八、青土社、第十二回三島賞受賞）、『熊の敷石』（二〇〇一、講談社、第一二四回芥川賞受賞）、『いつか王子駅で』（二〇〇一、新潮社）などがある。二〇〇三年には「スタンス・ドット」で第二十九回川端賞を受賞。

装画　ピエール・ル・タン

八月の日曜日

二〇〇三年八月 一 日第一版第一刷印刷
二〇〇三年八月一〇日第一版第一刷発行

著者――パトリック・モディアノ

訳者――堀江敏幸

発行所――株式会社水声社

東京都文京区小石川二―一〇―一
郵便番号 一一二―〇〇〇二
振替 〇〇一八〇―四―六五四一〇〇
電話 〇三―三八一八―六〇四〇
URL : http://www.suiseisha.net

用紙――岡田紙店

印刷――ディグ＋方英社

製本――ナショナル製本

ISBN4-89176-475-9